函館グルメ開発課の草《くさ》壁《かべ》君

お弁当は鮭のおにぎらず

森崎 緩

宝島社
文庫

宝島社

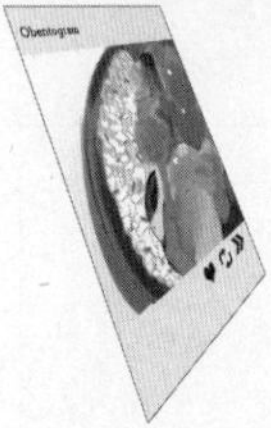

目次

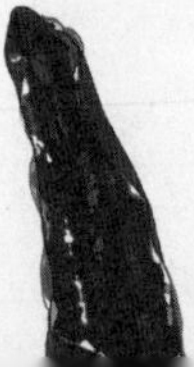

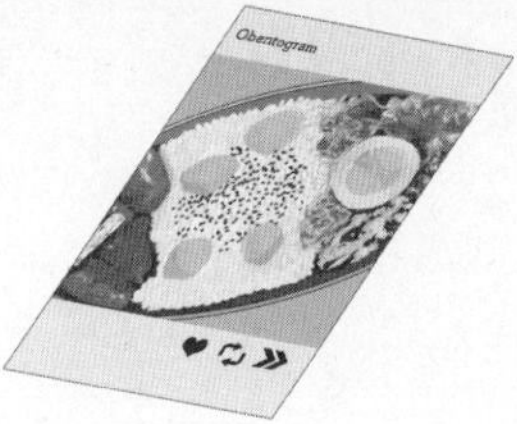
Obentogram

函館グルメ開発課の草《くさ》壁《かべ》君

Hakodate Gourmet Kaihatsuka No Kusakabekun

お弁当は鮭のおにぎらず

1、サバ缶そぼろとサンマの『さ』巻き

三月三十一日は気持ちのいい快晴だった。

外気の冷たさに身を竦《すく》めながら家の前まで出る。函館市《はこだてし》深堀町《ふかぼりちょう》は海に面しているわけではないが、風のある日にはしっかり潮の香りがするからさすがは港町だ。自転車で通える範囲に高校が五、六校あり、目と鼻の先に競馬場と陸上自衛隊駐屯地と競輪場があり、ちょっと張り切れば五稜郭《ごりょうかく》公園まで徒歩でも行ける。市電の電停が近いので、耳を澄まさなくても路面電車の走り抜ける音が聞こえた。そんな一角に草壁《くさかべ》家はある。

住宅街に佇む木造二階建ての4LDK、外壁はアイボリーで屋根の色は黒、築年数十七年の割にきれいなのは手入れが行き届いているからだ。両親はこの家をお互い三十二歳の時に建てており、最近では同じことが俺にできるだろうかと考えてしまう。猶予《ゆうよ》はあと十年しかないが、実現できる気がしないことに時代の流れを感じる今日この頃だ。

現在二十二歳の俺は、明日から新社会人になる。小学校の卒業アルバムから就職活動に至るまで、定番と言われる質問にはいつも同じように答えてきた。

Q．あなたの尊敬する人は誰ですか？

A.両親と周の軍師呂尚《りょしょう》です。

別に受け狙いの回答ではないのだが、三割くらいの確率で笑われる。『歴史に詳しいの？』と聞かれることもあるし、実際に詳しい人からは『太公望《たいこうぼう》好きなの？』と突っ込んだ質問を貰えた。両親についてはありふれた答えなのか、あまり追及されたことがない。

でも、どちらも嘘や冗談ではなかった。

家の前の道路から草壁家を見上げていると、ふと大型車のエンジン音が聞こえてくる。振り向けば引っ越し業者のトラックが細い私道をこちらへ曲がったところだ。解け残ったどろどろの雪をかき分けながらゆっくり接近する様子を見て、俺は家の中へ声を掛ける。

「引っ越し屋さん、いらしたよ」

すぐに玄関のドアが開き、厚手のカーディガンを羽織《はお》りながら父が顔を出した。

「おお、早かったな。——こちらです！」

外へ出てトラックの誘導を始めた父と、入れ替わりで家に入る。たちまち曇る眼鏡を拭き、段ボールが積み上がった玄関を抜けてリビングに向かえば、母が難しい顔で腕組みをしているのが見えた。

「佑樹《ゆうき》、車のキーを見てない？」

「いいや。さっき動かしてきたばかりじゃなかった?」

「そうなんだけど、荷物が多いせいか見失っちゃって」

リビングも既に運び出す段ボールで溢《あふ》れている。外からは業者のトラックが鳴らすバックの警報音が響いてきて、母は困り果てた様子で辺りを見回した。

「車をパーキングに置いたところまでは覚えているんだけど……」

荷物の出し入れをスムーズにするため、普段は家の前に停めているマイカーを近くの有料駐車場に置いてきたと言っていたのはつい数分前のことだ。その報告をした時、そういえば母は手ぶらだった。もちろんキーがなければ車は動かないし施錠もできない。だからパーキングまでは確実にあったはずだ。

「落としてきたかな。ちょっと見てくる」

焦り気味にそう言い出した母を、俺は押しとどめた。

「俺が行くよ」

「そう? じゃあお願い」

母が不安げだったので、急いで玄関へ向かう。実はその辺りにある予感がしていたのだ。

そして予想通り、車のキーは靴箱の上に無造作に置かれていた。それを持って取って返すと、母は目を丸くする。

「えっ、どこにあったの？」

「玄関の靴箱の上。お母さん、靴を履きかえる時に置いてそのままにしてたんじゃない？」

今日はよく晴れて気温もプラスの五度だ。しぶとい根雪もようやく解け始め、道路はどこもぐしゃぐしゃだった。だから母はスノーブーツを履いただろうし、その脱ぎ履きには手間が掛かる。車のキーを一旦《いったん》どこかに置いた可能性もあると考えたのだ。

「やだな、うっかり。老化じゃないといいけど」

「何かと慌ただしいから仕方ないよ」

しょげる母を慰めると、苦笑いが返ってくる。

「ありがとうね、佑樹。頼もしい息子だこと」

「どういたしまして。じゃあ、これ」

キーを差し出す俺に、母はかぶりを振った。

「それはあなたが持っていなさい。通勤なんかで乗るでしょう？」

「でも、お母さんの大事な車じゃ……」

「東京の道を走る気にはなれないもの。大事に乗ってくれればいいから」

母の手がそっとキーを押し返す。

鈍い光沢のあるキーケースを黙って見下ろせば、優しい声が後に続いた。

「車のことも家のことも、よろしくお願いね」

「……わかった」

俺が頷《うなず》くと母は目を細めたが、すぐに思い出したように見開く。

「あ、それと新聞はどうするの？　要らないならあなたが連絡しておいてね。通販頼むなら段ボールは溜め込まないで毎月資源回収に出すこと。洗濯物は日が沈む前にちゃんと引っ込めなさいよ。外食するなら好きなものばかりじゃなくて野菜も食べるようにね。何かあったらお隣の林《はやし》さんもいるから――」

「わかってる、大丈夫だよ」

堰《せき》を切ったような怒濤《どとう》の釘刺しに俺が苦笑した時、父が玄関を開けて叫んだ。

「荷物の運び出しを始めるそうだ」

いよいよ引っ越しが始まる。

三月三十一日は、両親が住み慣れた函館を離れる日だった。

父の転勤が決まったのは、年が明けた一月初めのことだ。

電気通信主任技術者の資格を持つ父は電話会社に勤めており、これまでは道内での仕事がほとんどだった。短期間の出張、時々は単身赴任をすることもあったものの、基本的には道南地方をメインに勤務していた。だから両親はお互いの故郷である函館市に家を建て、俺もこの街で育っている。

ところがこの春から、父には東京の本社で後進を指導する業務に当たることになったらしい。

「もういい年だから現場仕事でもないだろう、ってことだろうな」

楽天家な父は突然の辞令にもそう言って笑っていた。

母は翻訳の仕事をしており、ほぼ百パーセント在宅ワークの人だ。だから父の異動についていくことを即座に決めてしまって、残されたのは俺だけだった。

「佑樹ももう大人なんだし、一人暮らしでも平気でしょ？」

「いいけど……」

今回の転勤話で一番戸惑っているのは俺かもしれない。函館生まれ函館育ちという名産品みたいな肩書を持つ俺は、この四月から地元の企業で働く新社会人になる。物心ついた幼稚園時代から小中高とこの街にいて、大学だけは二年間札幌のキャンパスに通ったものの、三年次からは函館キャンパスで学んだ。一人暮らしをしたのも札幌時代の二年だけだった。

もちろんこのままずっと実家に住むつもりはなかった。就職したら地道にお金を貯めつつ、二年目くらいには職場の近くに部屋を借りて一人暮らしをしようと胸算用していたところだ。せっかく地元に就職できたのだから、大学まで出させてくれた両親に恩返しもしたい。ひとまず初任給でささやかにでも親孝行ができたら――なんて考えもあったのだが、気がつけば実家に一人残る羽目になっている。

「家賃が要らない一人暮らしなんてお得だろ。のびのび暮らせよ」

父は陽気に俺を励まし、

「お父さんが定年したら戻ってくるんだからね。くれぐれもきれいに住むこと」

母はしっかりと釘を刺した上で、引っ越し荷物と共に函館を発《た》った。

四月一日の朝は、アラームの音で始まった。

スマホの画面に表示された時刻は午前六時、外は既に夜が明けているのがカーテン越しにわかる。頭はすっきりしていて、よく眠れたようだった。学生時代から釣り好きで早起きには慣れているし、大学では乗船実習などもこなしてきたから、今後の一人暮らしに遅刻の心配はさほどない。

ベッドを抜け出し階下《かいか》へ下りると、リビングは静かで物寂しい雰囲気だった。両親がいないからというだけではなく、いろいろな家財道具がなくなっているからだ。例えばテレビは東京に行った。俺はあまりテレビを見ないし、必要になればスマホもパソコンもある。そう告げたら両親は買わずに済むと喜んでいた。

リビングからはソファーやローテーブルもなくなっている。残っているのはダイニングテーブルと椅子、カーペットにカーテン、そして据え付けなので持っていけない食器棚くらいだ。棚の中身も大分減っていて、両親お気に入りの食器などは東京行きのトラックに載せられている。

俺は棚を開け、実家に留まることを決めた少数精鋭《せいえい》の食器たちを確かめた。普段使いの茶碗や汁椀は俺の分だけが残されており、その他は何枚かの皿やティーカップなどがある程度だ。一方でお正月などに使う重箱はそのままあり、お盆休みと年末年始には帰ってくるという意思が窺《うかが》える。

調理器具は片手鍋と四角い卵焼き器、やかんも置いていってくれた。料理はそこまでマメにする方ではないし、これで十分事足りるだろう。とりあえずやかんを火に掛け、冷蔵庫を開ける。

冷蔵庫の中が寒々として見えるのは、冷やされているからだけではない。母は俺があまり料理好きではないことを知っていて、日持ちのしない食材や調味料、あるいは俺が使いそうにないものをきれいに片づけておいてくれた。残っているのは醤油《しょうゆ》、ケチャップ、マヨネーズ、そして牛乳くらいのものだ。

買い置きの食パンにツナをマヨネーズと少しのケチャップで合えたものを塗り広げ、トースターで焼く。沸いたお湯でカフェオレを入れれば、社会人初日の朝食は完成だ。

「いただきます」

手を合わせたタイミングでスマホが震える。父からのメッセージだった。

『おはよう！　ちゃんと起きれたかな？　お父さんたちはこれから朝ご飯です』

そんな文面の次に送られてきた画像は、湯気まで見える真っ白いご飯とワカメや油揚げの味噌汁だった。傍らの皿に並んでいるのはしらすおろしやホウレンソウのおひたしの他、焼き鮭、サバの塩焼き、その隣はサワラの西京焼《さいきょうや》きだろうか。どれもつやつやといい照り具合だ。

両親は昨夜、都内のホテルに泊まっている。引っ越し業者のトラックはフェリーで津軽海峡《つがるかいきょう》を渡るそうだから、今頃はようやく関東に入った頃だろう。本当は三月下旬のうちに引っ越しを済ませかったのだが業者の都合がつかず、ぎりぎりの日程になってしまった。そのため、父はホテルから出社しなくてはならず、母は一人でチェックアウトの後、引っ越し荷物の受け入れを行わなくてはならない。俺も暇なら搬入だけでも付き合いたかったのだが、こちらはこちらで初出勤を控えているときている。全く慌ただしい日だ。

それにしてもホテルの朝食ビュッフェは美味《おい》しそうで羨ましい。俺も朝はご飯と味《み》噌汁《そしる》、焼き魚の組み合わせがいいのだが、寝起きのぼやけた頭で味噌汁を作るのも魚を焼くのも大変だ。だから魚に対する欲求はツナ缶で満たすことにしている。

『起きてるよ　今はご飯食べてる』

メッセージを送ってから思う。これからの一人暮らしにおける重要な課題は食事と掃除だ。思えば大学時代も自炊はあまりしていなかったが、それは札幌キャンパス周辺に安くて美味しい飲食店が山ほどあったからだった。函館にもそういう店はあるし、出来立てのお弁当が買えるコンビニもあちこちにある。そもそも得意ではない自炊なんかして失敗作を食べるより、外食や中食で美味しいものを食べた方が士気も上がるし効率がいいはずだ。だから食事はどうにかなるとして、むしろ大変なのは二階建て4LDKを一人で掃除することの方かもしれない。

一人きりのダイニングテーブルから、がらんどうのリビングをもう一度眺める。こんなに家に物がないのは新築の時以来だ。幼稚園の頃、まだ傷一つなかったぴかぴかの床が嬉しくて、父と一緒に走り回った記憶がぼんやり蘇《よみがえ》る。射し込む朝日が照らすだだっ広い空間はどこか非日常的で、見慣れた実家のはずなのに無性に新鮮だった。

今日からはこれまでと全く違う生活が始まる。俺には新社会人としての勤めに加え、この家を守っていくという義務があるのだ。気を引き締めていかなくては。

母が置いていった愛車は真っ赤なミニバンだった。

普通免許は持っているし、眼鏡のお蔭で矯正視力も問題なし。実際に何度か運転したこともあるのだが、母の大事な車だと思うとあまり乗り回す気にはなれない。職場にも『公共交通機関で行きます』と言ってあったし、駐車場が空いているかどうかもわからないので通勤に使うつもりはなかった。

今日から俺の職場となる山谷水産《やまたにすいさん》は、水産加工会社だけあって海の傍に建っている。詳しく言うと函館市宇賀浦町《うがうらちょう》、観光客にもお馴染みの漁火通《いさりびどお》り沿いだ。一方俺の実家は深堀町電停の傍にあるので、電車で松風町《まつかぜちょう》まで乗り、そこから歩くことにする。

電車を降りると昨日と同じように、頭上には真っ青な空が広がっていた。春先の函館はいつもびゅうびゅう風が吹いていて、それは海が近づくにつれて身を切るように冷たくなる。そもそも『暦の上では春』なんて言葉は北海道では無意味だが、それでも背筋を伸ばして歩いた。

漁火通りは本当に海のすぐ傍を走っていて、歩道から砂浜が見えるほどだ。風の強さのせいで白波立つ海を背に、ホテルや飲食店、工場などが建ち並んでいる。その中の一軒が山谷水産だった。

白壁の、正面からだとまるで豆腐みたい見える四角い社屋は二階建てで、社屋からにょきっと生えるみたいに平屋の加工場がついている。加工場には水産物の搬入口となる大きなシャッターが何枚もあった。駐車場は社屋にひけを取らないほど広く、ざっと十数台の乗用車が停まっている。

ここに来るのは最終面接の日以来だ。社屋上部の壁に記された『株式会社山谷水産』の文字に身が引き締まる思いだった。今日からお世話になる場所だ、まずは初日から失礼のないようにしなければ――思わず深呼吸をする。

「――もしかして、草壁くんですか？」

不意に、真横から若い女性の声がした。

社屋に気を取られて、門のところに人が立っているのが見えていなかったようだ。予想外の問いかけにうろたえながら目をやると、声の主とおぼしき女性がにっこり笑う。

声の通り、若い人だった。もしかすると俺とそう変わらないくらいかもしれない。初対面だというのに親しみを感じる笑い方をする、とても優しそうな顔立ちの人だ。後ろで結んだウェーブがかった髪と、羽織ったニットコートの裾《すそ》が強い風に揺れていた。

「はい、草壁と申します」

我に返って応じると、女性は首から提げている社員証を俺に見えるよう掲げる。

「私、中濱直《なかはまなお》と言います。草壁くんが配属される開発課の課員で、今朝はまず私が案内役を務めますのでよろしくお願いします」

直立の直で『すなお』さんというのか。珍しいお名前だと思う。

「中濱さん、これからどうぞよろしくお願いいたします」

俺は深々と頭を下げた。

途端に微《かす》かな笑い声が聞こえ、顔を上げれば中濱さんは穏やかに口を開く。

「そんなにかしこまらなくてもいいです。これからいっぱい年上の人と会うんですから、私くらいには肩の力を抜いておいてください」

「あ……承知しました」

そうは言われても先輩相手に失礼な真似はできない。どんなふうに力を抜こうかと考えあぐねていれば、中濱さんが先に立って歩き出す。

「じゃあ中に案内しますね。ついてきてください」

「はい」

「まだかしこまってる」

こちらを振り返った中濱さんは、もう一度くすっと笑った。それから門をくぐり社屋に向かって歩く、その後ろ姿を追っていく。

縦に並ぶと、中濱さんは頭一つ分くらい背が低かった。目算で百五十センチ前後といったところだろうか。お蔭でこちらを振り返る度に首を傾けなければいけない様子なのが申し訳ない。

「草壁くんは、何かスポーツをやっていた人ですか?」

「水泳は習っていました。海辺の町なので、両親に勧められまして」

「泳げないと危ないもんね。大学では何かしていたの？」

「釣りサークルに入っていたんですが、三年次で函館に来たのでそれからは……」

水産学部は三年になると札幌を離れ、函館キャンパスで学ぶ決まりだ。だから札幌キャンパスでのサークル活動も二年で終了となる。もちろん函館の方にもいくらかサークルはあるのだが、就職活動も控えていたし、釣りを楽しみたいなら個人でもできると思い、結局どこにも所属しなかった。

「そうそう、水産学部はそれがあるんだよね」

中濱さんは納得した様子で頷き、少し嬉しそうに続ける。

「実は私、草壁くんの大学の先輩でもあるんだ」

「そうなんですか？　じゃあ……」

「うん、私も水産学部出身。二年先輩だから、一緒に通えたことはないだろうけど」

つまり俺が札幌にいた頃、中濱さんは函館で学んでいたというわけか。ＯＧとの思いがけない出会いに俺まで嬉しくなる。

「職場に先輩がいると思うと心強いです」

素直に打ち明ければ、すかさず笑顔が返ってきた。

「でしょ？　そうだろうと思って言ったの」

優しそうな先輩だ。これから社会人となる上でやはり職場の人間関係というものは重要だから、緊張しつつも俺はいくらかほっとしていた。

一方で、中濱さんもまた安堵したように息をついている。

「自己紹介で言っておくべきことは全部言えたかな……やっぱりつかみが大事だから……」

独り言のように呟いた後、俺に向かって続けた。

「実はこの職場で後輩ができるの、初めてなんだ。何か至らないことがあったら言ってね」

新人の俺と同じように、迎え入れる先輩の方も緊張しているようだ。よく考えれば当たり前のことだが、それもまた心強く思う。

初日の午前中は挨拶回りだけで終わってしまった。

山谷水産の今年度の新入社員が俺一人だったため、いわゆる入社式というものが朝礼のおまけみたいな感じで終わったのは気楽でいい。しかしその後、会う人会う人に『お、新人さん？』と声を掛けられるのは慣れていなくて大変だった。小さな会社だけに早いところ従業員全員の顔を覚えなくてはなるまい。

小さな、とはいっても山谷水産の従業員数は六十人もいるそうだ。主に水産加工品の開発、製造、販売を行う会社で、そのうち俺は開発課に配属となった。水産学部で食品加工や資源開発について学んだことを活《い》かせるいい機会となるだろう。

　開発課には通常のオフィスの他、併設のテストキッチンでの勤務もある。中濱さんはそこにも案内してくれて、ぴかぴかのステンレスでできた調理器具が揃った室内をガラス越しに見学した。それほど広いわけではない室内に、大きなフリーザーやスチームオーブン、真空包装機《しんくうほうそうき》などが詰め込まれている。

「ここには白衣を着て消毒をしないと入れません。結構狭いから、四人で入るともうぎゅうぎゅうかもしれない。覚悟しておいてね」

　中濱さんは真《しん》に迫った顔でそう語った。

　四人、というのは開発課の人員数らしい。新人の俺、中濱さん、そして他にもう二人でフルメンバーとのことだった。

「私たちの仕事は主に、水産資源をより美味しくするための研究をすることです。つまり開発課とは『グルメ開発チーム』みたいなものかな」

「グルメ開発チーム……素敵な響きですね」

　俺がその言葉を繰り返すと、中濱さんは緊張の解け始めた、親しげな声で言う。

「そう思えるなら天職だよ、草壁くん。だってうちの課、美味しいもの好きな人しかいないからね」

　お昼休憩には、その美味しいもの好きな四人で一緒に食卓を囲んだ。山谷水産に社員食堂はなく、休憩室と呼ばれる部屋で昼食を取ることができるらしい。もっともそちらは加工場勤務の従業員が主に利用しているため、開発課の皆さんは主に課内の会議テーブルで食事をするそうだ。

「別にどこで食べてもいいんだけど、しばらくは注目の的だろうからね。静かにご飯食べたいならこっちの方がお勧めかも」

と中濱さんが語るので、俺も先輩のアドバイスには従うことにする。

「加工場の方は女性ばかりだし、若い男の子が入ってきたからって大はしゃぎだよ。あずましくご飯なんか食べられないっしょ」

そう話すのは開発課課長である加賀《かが》さんだ。勤続二十年になるベテランだそうで、海外のモデルさんみたいなショートカットが似合う女性だった。ちなみに入社一日目で俺が出会った人はほぼほぼ全員函館訛《なま》りだったが、今のところ加賀さんが一番訛っている。

「『あずましい』って課長、若い子には通じないですよ」

そこで、小野寺《おのでら》さんがたしなめるように言った。

こちらも勤続十二年の大先輩であり、二児のお父さんでもあるらしい。ツーブロックに雪焼けが残る肌の、朗らかそうな人だった。

「ああごめんごめん、この歳になると訛りも直せなくってさ」

と加賀課長が俺に謝ってきたが、笑ってかぶりを振っておく。

「いえ、大丈夫です。わかりますよ」

ちなみに『あずましい』とは落ち着くとか、心地よいといった意味合いの方言だ。どちらかといえば『あずましくない』と否定的なニュアンスで用いられることの方が多い。俺が自分で口にすることはないが、うちの両親はたまにぽろっと使ったりする。

「若者が少ない職場だからつい気になっちゃって。二十代なんて、中濱さんと草壁くんだけだから」

そう話す小野寺さんも釣りが好きらしく、俺が愛好者だと知るとすかさず尋ねてきた。

「うちの息子にも釣りやらせたいんだけど、どうやったら好きになってくれるかな?」

正直難しい問いだ。あくまでも俺の場合は、という前提で答える。

「父が釣り番組をよく見ていたので、それで興味を持ちました」

「やっぱりそういう刷り込みがいいか。今から見せてみるよ」

ちなみに小野寺さんの息子さんはまだ三歳らしい。家庭ではおもちゃでの魚釣りを始めたり、休みの日には七重浜《ななえはま》や下海岸《しもかいがん》へ散歩に出かけたりしているものの、今のところ釣り自体への興味が芽生えた様子はないとのことだった。

「そりゃそうでしょ。三歳で釣りの醍醐味《だいごみ》なんてわかるわけないって」

「私も釣り堀くらいがちょうどいいです。釣れないと楽しくないですもん」

加賀課長と中濱さんの言葉にも小野寺さんは挫《くじ》けず、俺に水を向けてくる。

「難しいからこその英才教育だよ。そうだよな、草壁くん」

うちの父も、俺に釣りをやれと言ってきたことはない。父も母も昔から俺のやりたいことは自由にやらせてくれて、その分親たちも自由に趣味を楽しんできた。だから小野寺さんの英才教育が実を結ぶかどうかはわからないが、釣りを楽しいと思ってくれたらいいな、とは思う。

それにしても開発課は和気藹々《わきあいあい》とした雰囲気で、初日だというのに思いのほか居心地がいい。昼食にはコンビニで購入したサンドイッチを持ってきたのだが、緊張して食べられないかもしれないと二つしか買ってこなかったことを今頃後悔している。あとでお腹が空きそうだ。

「あれ？　草壁くん、お昼それだけ？」

加賀課長も俺が食べ終えたのを見て、驚いた声を上げる。

「はい。緊張するかと思って、あんまり買ってこなかったんです」

「そうだったんだ。若いのにずいぶん少食だと思ったら」

目を丸くする課長も、小野寺さんも、そして中濱さんもそれぞれ手作りのお弁当を持参していた。しげしげ見るのは物欲しそうでよくないだろうと思いつつ、些細《ささい》な疑問を抱いたので聞いてみる。

「皆さんはお弁当持参なんですね」

社食がないことは事前に知っていたから、職場周辺の飲食店やコンビニは一通りチェック済みだった。徒歩圏内には何軒かお昼ご飯にちょうどいい店があり、コンビニも建っている。だから全員が全員お弁当持参という事実を、ほんの少しだが不思議に思ったのだ。

それで中濱さんは今気付いたというように表情を曇らせる。

「そっか……これ、草壁くんには早めに教えておいた方がいいね。私たちがお弁当持ってくるのには理由があるの」

「理由、ですか？」

「この辺、飲食店もあるけどホテルも多いでしょう。暖かくなってくると観光客が増えてね、それはいいんだけど」

加賀課長が話を引き継ぎ、続けた。

「観光シーズンの日中は飲食店もコンビニもお客さんで混んで混んで『わや』なんだわ。この辺じゃ買いに行くのも食べに行くのも無理だから、みんなお弁当持ってくるようになったってわけ」

「そ、そんなにですか……」

課長の仰《おっしゃ》る『わや』とは、北海道弁で『めちゃくちゃ』とか『ものすごい』という意味の単語だ。言い方にも力が込められていて、観光シーズンの混雑ぶりが目に浮かぶようだった。

「最近じゃコンビニ目当てで来る観光客も多いらしいしね」

小野寺さんはどこか愉快そうに語る。

「俺らには全然珍しくないけど、なんか内地の人には評判らしいじゃない？　こっちのコンビニって」

北海道のコンビニはお弁当や総菜も美味しい、という事実が近年テレビや雑誌などで取り上げられるようになった。事実、店内で作られる出来立てのお弁当やおにぎりは値段の割に量たっぷりで温かく、しかも実際美味しい。それは道民として誇らしく、ありがたいことでもあるのだが、これからの食生活をコンビニに頼ろうと考えていた俺にとっては若干困った事実だ。

山谷水産がある漁火通りは観光客にとっての動線でもある。函館山から湯《ゆ》の川《かわ》温泉を結ぶ道路であり、函館駅からもまあ近い。函館空港から函館駅へ向かう路線バスもここを通るため、途中で降りて啄木小公園《たくぼくしょうこうえん》あたりに立ち寄る人も少なくはないだろうし、考えれば考えるほど確かに混みそうだと思えてならなかった。

そうなると家の近くで買ってくるか、前の日のうちに買っておくかしかないか。俺が思わず考え込むと、すかさず加賀課長が突っ込んできた。

「草壁くんは料理しないの？　するならお弁当持ってきた方が安心かもよ」

「しなくはないんですが、お弁当は作ったことないんですよね」

手料理とお弁当は似て非なるものだ。家で食べる食事は、例えばご飯に野菜炒めだけでもどうにかなるし誰も見ていないから気にならない。だが外へ持ち出すお弁当はある程度きれいじゃないといけない気がするし、品数も多くないと駄目ではないかと思えてしまう。そういう手の込んだ料理への、なんというか照れみたいなものがあり、俺はこれまで自分用にお弁当を作ったことがなかった。

だからこの期《ご》に及んで、作ってみようか、なんて気持ちにはならないのだが――。

「草壁くんはご実家暮らしだっけ？　親御さんに頼ったりは？」

小野寺さんはそう言うが、仮に親がいたとしても『お弁当作って欲しい』とはみっともなくて言いづらい。

「現在、両親は転勤で東京に行っておりまして。とりあえず、観光シーズンになったらおにぎりくらいは作ってみようかと……」

俺が答えかけた時だ。

「そんな、身構えなくてもいいって。お弁当なんて適当に作って詰めるだけ！」

明快《めいかい》に言い切った加賀課長がいきなり立ち上がる。そして自分の事務机の一番大きな引き出しを開けたかと思うと、そこから缶詰を五、六個取り出して俺の目の前に置いた。

「ほら、うちの試供品あげるから。これでお弁当作ってみたら？」

「えっ？　これでですか？」

並んでいるのはスーパーやお土産屋さんでよく見る魚の缶詰や瓶詰だ。ノンオイルのツナ缶やサバの水煮缶、サンマの蒲焼《かばやき》缶、ほぐした鮭フレークなど――困惑する俺の顔を覗き込み、課長は得意そうに胸を張る。

「これだけあれば何かしら作れるっしょ。入社祝いってことで、遠慮せず貰っていきな！」

「あ……ありがとうございます……」

これは近いうちにお弁当作って持ってこないと申し訳ない雰囲気だ。とりあえずお礼を告げると、課長はにんまり笑った後、今度はロッカーをごそごそ探し始める。

「確かまだあったと思ったんだよねえ。せっかくだから全部草壁くんにあげようか」

「俺もこの間の新製品余ってたな。探してみますね」

小野寺さんまで席を離れて捜索に加わったので、いよいよ申し訳なくなってきた。家の冷蔵庫はほぼ空っぽだったから、食べ物を貰えるのは確かにありがたいものの――いたたまれずにいる俺を見て、中濱さんが声を掛けてくる。

「草壁くんはお料理はできるけど、お弁当は作り慣れてないんだったね？」

「ええ、そうなんです」

「だったら、いいもの教えてあげる」

そう言って、中濱さんは楽しそうに微笑んだ。


出社初日は午後五時に退社した。

「草壁くん、お疲れ様！　荷物重たいだろうけど気をつけて帰ってね！」

加賀課長に元気よく手を振られ、

「お疲れさまでした。また明日ね」

中濱さんにも見送ってもらって帰路に就く。

松風町の電停から路面電車に乗り込むと、運よく空いていて座ることができた。ひとまずほっと息をつく。

目まぐるしい一日だった。今日だけでずいぶんたくさんの人と会ったが、その中の半分も顔を覚えられていない。ただ開発課の人たちの名前と顔はちゃんと記憶したつもりだ——たった三人だが、一番接する機会が多いだろうから大事なことだ。

正直、ちょっと疲れた。大学卒業後は両親以外の人とあまり顔を合わせていなかったから、何日分かまとめて喋ったような気さえする。

だが今日はまだやることがあった。

五稜郭方面へ向かう電車に揺られながらスマホを開く。検索バーに、中濱さんに教わった通りの言葉を打ち込んだ。

『イチイさんのお弁当箱』

中濱さんの説明によれば、イチイさんとはお弁当画像をSNSに上げている人らしい。SNS上には料理やお弁当の画像をアップロードしている人がそれこそ星の数ほどいるが、その中でもイチイさんという人はどちらかというとシンプルかつ簡単なお弁当を作っており、また簡単ながらもレシピを合わせて載せてくれているので、俺のようなお弁当初心者にとって参考になるだろうとのことだった。

「よかったら見てみて。そんなに難しくない料理ばかりだから」

そう勧めてくれた中濱さんは、実に優しい人だと思う。まだ知り合って一日目だが、職場の人間関係には恵まれたようだ。

検索結果として表示された『イチイさんのお弁当箱』はSNSのアカウント名で、聞いていた通りお弁当の画像がずらずらと出てきた。木製の曲げわっぱ弁当にご飯とおかずがぎゅっと詰まった、見るからに美味しそうなアカウントだった。中濱さんの言う通り、確かにシンプルなお弁当が多い気がする――ご飯と数種のおかずという組み合わせばかりで、例えばキャラ弁みたいな素人《しろうと》お断りメニューは見かけなかった。

最新の投稿は今朝のようだ。美味しそうなそぼろ、具入りの卵焼き、ホウレンソウのおひたしを並べた三色弁当で、添えられたキャプションにはこうあった。

『今日から新学期、新年度。環境の変わる人もそうでない人も、お互い頑張りましょう』

あとは簡単なレシピが載っているだけで、投稿内容までシンプルだ。それ以外に人となりが窺えるものはなく、イチイさんがいくつくらいなのか、男性なのか女性なのかは判別つかなかった。これだけのお弁当を日々作って、どこかへ持っていって食べているのだろうか。それとも家で食べているのか——わからないが、こういう人がいるから俺もお弁当作りに挑戦してみようかなと思える。

家に帰ると、俺はまず冷蔵庫を開けた。明かりの点《つ》いた庫内は朝見た時と同じようにガラガラだ。目につくのは作り置きの麦茶と牛乳、マーガリンくらいのもので、食べられるものはほとんどない現状だった。

これからは、ここに黙って物が増えることはない。

父が酒のつまみにと常備菜を冷やしておくことも、母が新作のチョコレートをそっとしまっておくことも、冬に特売のアイスをたくさん買ってきて『佑樹も食べていいよ』と言ってもらうことだってない。冷蔵庫の中身は俺が買い、作らなければずっと空っぽのままだ。

独り暮らしだから、三度の食事なんて適当でいいと思っていた。別に作れないわけでもないんだし、気が乗った時にやればいいやって。だからきっかけでもない限り、この冷蔵庫が充実することはないだろう。今回はそのいいきっかけを貰ったのかもしれない。

せっかく置いていってもらった冷蔵庫を空っぽにしておくのも悪いから。

俺は戸を閉めて、よし、と気合を入れる。まずはスーパーへ行ってこよう——その前に、イチイさんのレシピをもう一度チェックしておこうかな。

四月二日、出勤二日目の朝は五時半に起きた。

釣りに行く時は三時起きだからこのくらいやはりどうってことない。タイマーをセットしておいた炊飯器もちゃんと時間通り炊けていた。これで朝食も、昼食用のお弁当も作ることができる。

お弁当箱は食器棚の中、重箱の隣にひっそりしまってあった。高校時代まで俺が使っていたもので、つるりとしたステンレスの二段式だ。大学では一度もお弁当を持っていかなかったので、まさかまだ残っているとは思わなかった。懐かしさに浸りつつ、買わずに済んだことにも感謝する。

今朝作るのは、イチイさんがレシピを載せていた『サバ缶そぼろ』と『う巻き』だ。

それにほうれんそうのおひたしを添えて三食丼弁当にするつもりだった。どちらのメニューも昨日貰った缶詰で作れるようなのがちょうどいい。

山谷水産の缶詰は母もよく買ってきたし、昔からお世話になっている。俺にとっても家に一人で食事の支度が面倒くさい時、独り暮らしでレポートの提出期限に追われた時、買い物に出られない風邪《かぜ》っぴきの状況下などで缶詰に救ってもらっていた。大手メーカーと比べれば安価ではないものの、やはり地元企業となると手が伸びるものだ。まさかここに就職することになるとは思ってもみなかったが、これからは更《さら》に愛情深くこの缶を眺めることになるのだろう。

そんな山谷水産の缶詰を使い、サバ缶そぼろを作る。レシピは至って簡単で、鍋を弱火に掛けて、サバの味噌煮缶を空け、あとは箸でぐるぐるかき混ぜながら水分を飛ばすだけだ。お好みに応じてショウガも入れると美味しいらしいので、昨夜買ってきたチューブのおろしショウガを入れてみる。ここで一旦味を見てみたが、まだ普通にサバの味噌煮だ。

気《せ》が急いて強火にすると焦げついてしまうから、じっくり火に掛けながらかき混ぜる。俺しかいないキッチンにサバ味噌とショウガのいい匂いが漂っていた。ここに両親がいたら、何を作っているのかと覗きに起きてきたことだろう。

鍋の中身がぽろぽろになり、水気が粗方《あらかた》飛んだところでもう一度味見をすると——

ていた。

青魚の臭みがいい具合に抜け、味噌とショウガの味がこっくり美味しいそぼろになっていた。

もう一品は『う巻き』。一般的には鰻の蒲焼きを卵焼きでくるんだものだが、イチイさんはサンマの蒲焼缶でこれを作ったそうだ。俺にとっても鰻は高級品でおいそれと手が出ないし、せっかく蒲焼缶もいただいているので真似て作ってみることにする。

四角い卵焼き器に薄く油を引き、十分に温まったところで溶いた卵を流し入れた。じゅうっと音を立てる油がすぐに黄色い卵の端を固めていく。その端っこを箸で真ん中の方に寄せ集め、代わりにまだ固まっていない卵液を空いたスペースに誘導して焼く。ある程度固まってきたら、真ん中にサンマの蒲焼きをどんと乗せ、あとは巻くだけだ。

「よ……っと」

オムレツくらいなら作ったことはあるが、う巻きに挑むのは初めてだった。要は中身のあるオムレツと捉えればいいのだろう。

しかしここでにわかに疑問を覚えた。う巻きとは鰻を巻くから『う』巻きのはずだ。それならこれはサンマを巻いているから『さ』巻きではないだろうか。イチイさんもこのメニューをう巻きと記していたが、俺はサンマの気持ちも大切にしたいからあえて『さ巻き』と呼びたい。鰻と比べれば安価なサンマの蒲焼き缶ではあるが、献立の主役になれるという点では対等なはずだ——。

ということを考えていたら香ばしい匂いがしたかと思うと、卵の端っこが焦げ始めていた。慌てて火を止め、まな板へ移す。包丁を入れると、黄色い卵の中にサンマの蒲焼きがぎゅっと詰まった『さ巻き』の出来上がりだ。

お弁当箱にご飯を詰め、サバ缶そぼろと作り立てのさ巻き、冷凍のホウレンソウをレンジ解凍しただけのおひたしを添える。三色揃ったので、これでお弁当は完成だ。

ここで時計を見ると、ちょうど六時を過ぎたところだった。お弁当箱に詰めきれなかった分を皿に盛って朝食にする。昨日とはうって変わって豪華な朝食だ。

「いただきます」

一人きりの朝ご飯も二日目だった。寂しさはないが、静かだとは思う。

出来立てのそぼろはまだ少し柔らかく、濃いめの味つけが白いご飯とよく合った。さ巻きもほかほかで、卵のほんのりした甘みと蒲焼の甘じょっぱさがちょうどいい。表面の焦げもアクセントとしては悪くないし、お蔭で中までがっちり火が通り、箸で持っても崩れにくくなったのはよかった。あとはお昼時、冷めても美味しいかどうかだ。

食べ終えて皿を洗ってしまった頃、また父からメッセージが届いた。

『おはよう！　今朝もちゃんと起きれたかな？　お父さんは今日も出勤です』

今朝は新居にいるからか、特に画像の添付はない。逆に俺の方が画像を送ればよかったなと思う。ちょっと頑張った朝食とお弁当をスマホで撮って——でもなんか、褒《ほ》められ待ちみたいで恥ずかしいからやめておくか。

なんにせよ、ちゃんと起きれているしご飯も食べている。両親を心配させることはなさそうだ。

開発課の皆さんは、今日も全員お弁当持参だった。

全員というからにはもちろん俺もだ。四人で会議テーブルを囲んだ後、気付いた途端、中濱さんが嬉しそうな顔をする。

「草壁くん、お弁当作ってみたんだね」

「はい。昨日教えていただいたSNSを見て、参考にしました」

イチイさんのSNSにはたくさんのお弁当画像と、それに付随するレシピが掲載されていた。俺のような料理ビギナーにも作れそうなメニューがたくさんあったので本当にありがたい。

「早速作ってきたの？　偉い！」

加賀課長が拍手と共に褒めてくれたので、ちょっとむずがゆかった。偉いも何も、他の皆さんはこれまで毎日お弁当を持ってきているのだし、俺なんて今朝初めて作ってみただけだ。でも身構えていたほど難しくはなかった。

「分けていただいた缶詰と、あと中濱さんにレシピが載っているSNSを教わったお蔭で作れました」

正直に打ち明けると課長は目を見開き、それから中濱さんへも拍手を送る。

「中濱さんも偉い！　優しい！」

「私、今年度から先輩ですので。見習われるべき存在となります」

中濱さんは誇らしそうだ。澄ました顔をしながらも口元がゆるんでいる。

「レシピってことは、ちゃんと料理してきたんだ。それはすごいね」

小野寺さんは身につまされたような笑みを浮かべ、肩を竦めた。

「うちなんて朝は時間ないから、昨夜の残りそのまま詰めてくることもあるのに」

「俺も朝ご飯とお弁当の中身一緒ですよ」

余った分をそのまま食べてきたので、朝も昼もほぼ同じメニューということになる。もっとも出来立てを食べるのとお弁当にして冷めたものを食べるのとでは風味も違ってくるだろう。まだ入ったばかりの職場に初めて持ってきたお弁当は、一体どんな味がするだろうか。

弁当箱の蓋を開けると、中濱さんは遠慮がちに、加賀課長は伸び上がって堂々と、そして小野寺さんは横目で覗き込んできた。

「わあ、よくできてる」

「うちの缶詰からこれ作ったの？　すごいじゃない！」

「手が込んでる。美味しそうだね」

「ありがとうございます。朝は美味しかったので、お弁当でも美味しいといいんですが」

俺が蓋を開けてしまったからか、中濱さんも加賀課長も小野寺さんも慌ただしく席に着き、自分のお弁当箱を開け始める。それを見届けてから俺は箸を取り、みんなと一緒に手を合わせた。

「いただきます」

まず一口目、サバ缶そぼろを載せたご飯を食べる。

お弁当の冷えたご飯は、熱々のご飯とはまた違う美味しさがあった。冷たい分だけ甘みが増している気がするし、炊き立てとは違う穀物らしい香りもする。ぽろぽろに仕上げたサバ缶そぼろは時間が立っても臭みは抜けたまま、味噌とショウガの風味は際立ったままでご飯が進んだ。

「……美味しい？」

黙々と食べる俺に、すぐ隣に座る中濱さんがそう聞いてくる。

「美味しいです」

大きく頷けば、たちまち安心したように微笑んだ。

「よかった……勧めておいてなんだけど、あのレシピ、わかりにくくなかった？　普段から料理している人ならともかく、そうじゃない人が見たらどうかなって思ってて」

「いや、わかりやすかったですよ。俺でも作れましたし、ちょうど缶詰レシピもあって助かりました」

イチイさんのレシピはシンプルで、材料も工程も少なめなのがありがたかった。それでいて美味しいのだから文句なしだ。

「教えてくださってありがとうございました。お蔭で俺でもお弁当を作ってこられました」

改めて頭を下げると、中濱さんは戸惑いがちに両手を振る。

「いえいえそんな……大したことはしてないし、気にしないで」

それから俺のお弁当箱をちらりと見て、ぱっと表情を明るくした。

「う巻きも作ってみたんだね」

どうやら並んで入っていた卵焼きに気付いたらしい。これもイチイさんレシピで作ったものであり、中濱さんのお蔭で作れたものでもある。

「はい。中身がサンマなので、『さ巻き』になります」

「『さ巻き』？」

俺の言葉を繰り返した中濱さんが、目を瞬《またた》かせる。

「サンマだから『さ巻き』？　聞いたことないけど……」

「そうですよね。でも『う巻き』のままでは、サンマがかわいそうで」

「かわいそう⁉　そ、そうかな」

「俺、サンマの気持ちも大切にしたいんです。せっかく美味しい食材になってくれたんですから」

そう応じた瞬間、中濱さんは盛大に笑い出した。

「何それ、蒲焼になっちゃったサンマに気持ちなんてある？　っていうか気にするところ細かすぎるし……やだもう、おっかしい！」

お腹を抱えてけたけたと、屈託《くったく》ない子供みたいな笑い方だ。

これまで楚々《そそ》と振る舞っていた先輩の盛大な笑い声に、俺は思わず硬直した。

「中濱さんツボるとこうなのよ。面白いっしょ？」

加賀課長も手を叩き、笑いながら説明してくれたので納得する。なるほど、こういう人なんだ。

「女性が元気な職場なんだよ」

とは、いまいち笑いに乗り切れていないらしい小野寺さんの弁だ。苦笑しながら、笑い転げる中濱さんを見守っている。

確かに中濱さんは元気いっぱいだ。涙を滲ませお腹を押さえている。

「やだ、お腹痛い……笑いすぎて痛い……」

「すみません、そんなに笑わせるつもりはなかったんですが」

「謝られても困る！　やめて、もっと面白くなるからやめて！」

肩を震わせテーブルに突っ伏す姿は苦しそうで申し訳なくなったが、加賀課長は気にしたそぶりもなくこう言った。

「大丈夫、いつものことだから直《じき》に収まるよ。草壁くんはご飯食べちゃいな」

「は、はあ……」

いつものことなのか。

笑い声は尚《なお》も続いている。それを聞きながら、俺は事の発端である『さ巻き』を口に運んだ。冷たい卵焼きに包まれたサンマの蒲焼きは、冷めても柔らかくしっとりしている。甘辛いタレのとろみもサンマの身のジューシーさを引き立てるのに一役買っていた。小骨の程よい歯ごたえもアクセントになり、食感も味も楽しめる。

缶詰の魚もまた美味《うま》い。そしてひと手間掛ければより美味しく食べられる。適当でいいかと思っていた食生活がここから変わりそうな予感がしていた。

「『さ巻き』……すごくいい、私も今度からそう呼ぼ……」

中濱さんはまだ笑っている。

その笑い声を聞きながら食べたお弁当が美味しかったから、いい職場に来たのかもな、と思えた。

2、鮭のおにぎりとおにぎらず

俺には料理の才能があるのかもしれない。

と、声に出して言うとさすがに思い上がりだと怒られそうだ。実際うちの職場の人たちは加賀課長も小野寺さんも中濱さんも普通に料理が上手《うま》く、毎日自分でお弁当を作り、持ってきている。それに比べたら俺の料理は無理やり習慣にしようと頑張っている背伸び感が半端《はんぱ》ない。それでも継続は力なりなんて言葉もあるし、どうにか続けてきて三週間――気がつけば自炊が苦にならなくなってきた。

朝起きて、まず冷蔵庫を開ける。四月の初めにはガラガラだった中身もずいぶん充実していた。醤油はちゃんと買い足しておいたし、新たにみりんや料理酒も買ってみた。お弁当用にご飯を炊くようになって、その余りを朝に食べるようになったから、味噌汁用の味噌も用意している。味噌汁の具は日持ちがするワカメが中心だが、たまに豆腐や油揚げにも挑戦してきた。卵も定期的に買ってきているし、健康のために納豆やヨーグルトも食べるようにしている。こうして見てもなかなか模範的な食生活ではないだろうか。

今朝のメニューは炊き込みご飯とワカメの味噌汁、それに昨日、隣家の林さんからいただいたイカとジャガイモの煮つけだ。朝食にしてはなかなか豪勢なメニューだと思う。

俺と林さん夫妻とは行き会えば挨拶をするくらいの間柄なのだが、うちの両親とは同世代ということもあり、ここに住んでいた頃はかなり親しく近所付き合いをしていた。だからだろう、昨日仕事から帰ってきた俺が家の玄関前に立ったら、林さんの奥さんの方が待ち構えていたように飛び出してきて煮物の入ったタッパーをくれた。

『これ作りすぎちゃってね。よかったら食べてくれない？』

突然のことに戸惑いながらもなんとかお礼を言えば、林さんはいいのいいのと手を振る。

『困り事があったらいつでも相談してね。お父さんもお母さんもいなくて大変でしょ？』

多分、うちの両親が引っ越し前に言っていったんだろう。家に息子を一人残していくので、時々でいいから顔を見てやってくれませんか――みたいな。別に大丈夫なのに、心配しすぎだ。こっちはもう二十二歳、いい大人だっていうのに。

その証拠に、自炊だってちゃんとしている。

炊飯器を開けると、たちまち美味しそうな湯気が溢れ出てきて眼鏡が曇った。しゃもじで炊き上がったご飯と鮭をほぐしながら混ぜれば、醤油のほんのりいい匂いがすきっ腹に直撃して、早く食べたくなる。ただこの炊き込みご飯はお弁当用でもあるので、まずは昼の分を確保しておにぎりを握った。三角の炊き込みおにぎりを三つ確保してから、改めて茶碗に盛る。

「いただきます」

朝食もお弁当も、日に日にレベルアップしているのが実感できた。こんなにまともな食事を、しかも自分で作るようになるなんて、三週間前には考えもしなかった。

それもこれも全部、イチイさんのお蔭だ。

中濱さんに教えてもらって以来、俺は料理をする度に『イチイさんのお弁当箱』を頼りにしていた。イチイさんはかれこれ四年ほどお弁当を作り続けているようで、その写真をずっとSNSにアップしている。写真には決まってレシピが添えられており、遡《さかのぼ》って拝見してはレシピの参考にさせてもらっていた。

イチイさんのいいところは料理の作りやすさとシンプルさにある。これなら俺でも作れそうかなというメニューが多く、料理の工程も少なめだ。また缶詰を使ったレシピがいくつかあったのも好都合だった。おかげで出勤初日に貰った缶詰は大方消費できている。

最後の一つが、今朝の炊き込みご飯の鮭水煮缶だ。

これまで鮭の水煮と言えばマヨネーズ醤油で和《あ》えて食べるくらいしか知らなかった。うちの父が晩酌《ばんしゃく》のあてにそうやって食べていたからだ。だが炊き込みご飯の具にすると鮭の身がほくほくしていて、より美味しく食べられる。脂《あぶら》の乗った鮭の皮もしっかり入っているし、食べ応えもばっちりだ。それでいて材料は鮭缶の他、醤油とみりんだけという手軽さなのもいい。鮭の旨味と醤油の味が染み込んだ炊き込みご飯と、温かい味噌汁を味わいながら迎える一日の始まりは最高だ。

「イチイさんはすごいよな……」

俺にここまで美味しい炊き込みご飯を作らせてくれるとは、素晴らしい料理人だと思う。イチイさん自身は『料理人』とは名乗っていないが——それどころか職業や年齢を匂わせるような文章はほとんど載せていない人だが、間違いなく料理上手だ。なぜお弁当を作り続けているのか投稿からは窺えなかったが、週に二から四回は投稿しておりかなりマメだ。俺もSNSはやっているが、そこまで定期的に更新はできていないからイチイさんはやはりすごい。

どんな人なのだろうか。

「多分、楽しんでやってる人なんだろうな」

料理が趣味だとか、好きでなければこんなには続かないだろう。俺のSNSも趣味の釣り専用アカウントだが、単に釣り場や道具、たまに釣果を載せるくらいなので他人から反応を貰うことはほぼない。それでも好きなことなので、細々とながらも四年以上続いている。それと同じことだろう。

もっともイチイさんは四桁越えのフォロワーの主、こちらはせいぜい二桁前半なので規模もモチベーションも全然違うのかもしれないが。

少し空しい気持ちになったところで、林さんお手製のイカとジャガイモの煮つけに箸を伸ばす。煮込まれた輪切りのヤリイカとジャガイモに、優しい醤油味がよく染みていてこちらも大変美味しかった。ヤリイカはマイカと比べても身が硬くなりにくい種類だが、箸で切れるほど柔らかく仕上がっているのはすごい。きっと手間も暇も掛けてじっくり煮込んだに違いない。

「林さんもすごいな……」

料理が上手い人はみんなすごい。俺がそうなれるかはわからないが、こちらも細々と続けていけたらと思う。

山谷水産は海のすぐ傍に建っていて、風の弱い日には開発課からも波の音が聴こえる。

そうはいっても春の函館に風の弱い日はそうそうない。海から流れ込む冷たい潮風が、ようやく綻《ほころ》び始めた桜のつぼみをもぎ取ろうとでもするように全力で吹きつける。だから入社して三週間経つまで、俺はそのことに気付かなかった。

「波の音がしますね」

始業前にテーブルを拭きながら呟くと、会議資料をプリントしていた中濱さんが振り向いて頷く。

「たまに聴こえるんだよね。すぐ裏が海だから」

「いいですね、海が近いって」

水産学部に進んだくらいだから、俺はもちろん海が好きだし魚が好きだ。二年間暮らした札幌にはすぐ近くに海がなかったから、函館に帰ってきて潮風の匂いを嗅いだ時、本当に懐かしく思った。ここから聴く波の音も、俺にとっては心安らぐ音だ。

「この音聴くと釣りに行きたくなるよね」

小野寺さんがそわそわした様子で窓の外を見やる。あいにく開発課から見えるのは駐車場と敷地を囲うコンクリート塀くらいのものだが、窓を開ければ潮の香りもちゃんとするはずだ。

ここで勤務した三週間ほどで、俺は小野寺さんが相当な釣り好きであることを知った。今はお子さんが小さいので我慢しているそうだが、結婚前には現在の奥様と二人でよく漁港や海岸へ出かけていたらしい。森町《もりまち》や椴法華《とどほっけ》の方まで足を延ばすこともあったと話す小野寺さんは実にいきいきしている。

「草壁くんは最近どう？　ぼちぼちカレイのシーズンだけど」

「この春はまだ出かけていなくて。落ち着いたら行こうと思っているんですが」

新社会人生活と実家での一人暮らしが同時に始まってしまったため、まだ趣味に没頭する時間が取れていなかった。週末の休みは買い出しに洗濯に掃除にと家事で大忙しだし、なんだかんだで疲れて昼寝をしてしまうこともある。できたことと言えば釣り竿を磨くくらいだ。

「そっか、草壁くんも釣り好きだったよね」

ちなみに同じ水産学部卒の中濱さんは、釣るより食べる方が好きとのことだった。俺に対しても釣果の方が気になるようで、羨ましそうに尋ねてくる。

「じゃあ、釣ったお魚をそのままご飯にしたりもできるんじゃない？　お弁当のおかずを釣りに行ったりとかできていいね」

お弁当作りを始めた俺を何かと気に掛けてくれる中濱さんの言葉に、そうなったらいいなと俺も思うのだが。

「釣れたら食べますけど、釣れないことも多いですよ」

「えっ、そうなの？　小野寺さんはこの辺よく釣れるって……」

「俺はよくボウズで帰ります。うちの母は俺のことをよく『海坊主』って呼びますね」

「えー……」

母に言わせると俺の釣りは『魚に餌《えさ》を与えているだけ』らしい。実際釣果という釣果を収めて帰ったことがなく、あっても三人で食べるには足りないくらいが関の山だ。

もっとも今なら一人暮らしだから、運がよければ夕飯分くらいは釣って帰れるかもしれない。

「釣れなくても楽しいもの？　釣りって」

中濱さんは不思議そうに俺を見る。

「楽しいですよ。釣り糸を垂らしながらぼうっとして、いろんなことを考えるんです。そうすると頭がクリアになって、悩み事や面倒事に光明が差すことがあります」

俺の説明にも一層怪訝《けげん》な顔をして、やがて小首を傾《かし》げた。

「それって、釣りが楽しいんじゃなくて考え事が楽しいんじゃない？」

「そうかもしれませんね」

頷く俺を見て、中濱さんは二、三度瞬きをする。その表情がふいに崩れたかと思うと、堪《こら》えきれない様子で笑い出した。

「素直に認めすぎ！　もう、草壁くんってユニークだなあ！」

この通り、中濱さんがよく笑う人だということも三週間の勤務で身に染みて実感している。彼女からすると俺はユニークで風変わりな人間らしく、何か言うとすぐにころころ笑ってくれた。俺としては中濱さんの笑うタイミングに『こんなことで？』と思う場合も多いのだが、冷ややかにされるよりは笑ってもらえる方がずっといいのも確かだ。

「ほら、中濱さんのツボに入っちゃった」

小野寺さんがつられたように噴き出した時、開発課のドアが開いた。

「朝から賑やかだねえ。みんなおはよう！」

元気な挨拶とともに現れた加賀課長は、ぴかぴか光る金色の缶詰をたくさん抱えている。それを会議テーブルにささっと並べた後、それを手で指し示して言った。

「ほら、前に企画したブリの甘露煮。製造の方で試作品できたからって」

「あ、もうできたんですね」

笑いすぎて涙を拭う中濱さんが、少し嗄《か》れた声で応じる。

缶詰には山谷水産の名前と『函館産　ブリの甘露煮』と書かれたラベルが貼られていた。何気なく手を伸ばして一つ取ると、課長が嬉しそうに声を掛けてくる。

「次の企画には草壁くんの意見も貰うからね。今から考えておいて」

山谷水産開発課は、商品の企画、開発を主な業務としている。

水産加工品を直接取引する営業課から顧客である小売や飲食店でのニーズを取り入れ、それを元に新製品のアイディアを練り、実際に試作をしたり試供品を配ってレスポンスをもらっていた。

前年度の企画では、函館近郊で獲れたブリを使った新商品の開発を進めていたそうだ。その結果、『ブリの甘露煮』の製品化に漕ぎ着けたとのことだった。

「今回は飲食店やお土産屋さん向けの商品。ロット数はそんなに多くないけど、函館産ブリの宣伝として広く売り出していくってことでね」

加賀課長はそう言って、缶詰を一つ開ける。プルトップ式の缶詰の中身は飴色に煮込まれた魚の身で、ブリだと言われなければ、なんの魚か一見ではわからない。ただその身は明らかにサンマやサバよりも大きく、大型魚としての貫禄《かんろく》は缶詰になった今でも健在だった。

「製品としてはこれで本決まりだから、配布前に味も見ておいて」

爪楊枝《つまようじ》を刺されたブリの甘露煮を勧められ、俺も一口食べてみる。脂の乗ったブリの身の旨味に、甘露煮のもったりした甘辛さがよく絡んで美味しい。アクセントとして柚子《ゆず》の皮が入っているのも香りがよくていいと思う。

「美味しいですね」

俺が言うと、加賀課長は安堵《あんど》の笑顔を見せた。

「そうでしょ？　試作大変だったんだから。ブリなんて今まで扱ったことなかったし」

「『函館産』のブリが獲れるようになるなんて思いもしませんでしたからね」

中濱さんの口調は、まだ信じがたいと言わんばかりだ。

近年、ブリの水揚げは道内各地で確認されている。かつては西日本や北陸《ほくりく》地方を代表する魚と呼ばれていたが、今では函館はもちろん、オホーツク海に面した積丹半島《しゃこたんはんとう》や太平洋側の釧路《くしろ》、白糠《しらぬか》あたりでも獲れるようになったという話だ。元々ブリは春に産卵し、その稚魚は春から夏にかけて北海道周辺を回遊する習性があったのだが、気候変動によって水温が上がったせいで秋以降も北海道を離れなくなったという。

海が変われば、食卓に上る魚の種類も変わる。今まで獲れていた魚が不漁となり、代わりに暖かい海にいた魚が北海道で獲れるようになった。漁業者や水産に関わる人々にとっては実に悩ましい変化だ。

ただ変わりゆく海を嘆《なげ》くだけではなく、現実と向き合おうとしている漁業者もいる。

「ブリが獲れるようになったなら、それを活かして売り出すしかないっしょ。漁師さんは魚を売らなきゃ生計成り立たないし、私たちはその魚を美味しくするのが仕事なんだから」

加賀課長はきっぱりと言い切り、新作の缶詰を見下ろす。

「今まで北海道じゃ獲れなかった魚だからね。安定して出回るようになってきてお値段も安価、だけど食べ方がわからないって人も多いらしくて。それでうちにお鉢が回ってきたってとこ」

確かに俺も魚好きを自負しているが、これまでブリを食べる機会はあまりなかった。それは皆さんも同じのようで、小野寺さんが記憶を手繰《たぐ》るように天を仰ぐ。

「企画会議大変だったなあ……俺たち三人いても、ブリ大根か照り焼きくらいしか浮かばなくて、一からメニュー考えるかって話にまでなりましたもんね」

「ブリ大根は既に他社商品にもありましたし、それ以外で……ってたくさん悩みましたよね」

溜息をつく中濱さんの物憂《ものう》い表情からも、企画会議での苦労が窺えた。

しかし俺にとっても他人事ではない。現に加賀課長は俺に期待の眼差しを向けて言う。

「でも今年度からは若き頭脳が新たに加わったからね。次回の企画ではよろしくね、草壁くん」

「頑張ります」

頭脳と呼ばれるほど賢い頭はしていないものの、俺がこれまでに学んできたことが活かされるまたとない機会だ。できる限り応えたいと思う。

今回の新商品に関しては、まずはお土産として試食販売を始めるとともに、試供品を配りモニター調査をするそうだ。

「駅と空港のお土産店に試食コーナーを設けると共に、函館市内の飲食店に依頼してメニューに使ってもらうことになってます。お土産屋さんには小野寺さん、飲食店には中濱さんが回ってもらうね」

加賀課長はてきぱきと指示をした後、もう一度こちらへ目を留める。

「あと、中濱さんには草壁くんを連れて行ってもらおうかな。客先回りもぼちぼち覚えてもらいたいし」

「わかりました」

中濱さんは頷いて、俺に向き直った。

「それじゃ草壁くん、お弁当持っていこうか？」

まるでピクニックにでも行くような口調だったが、それはつまり午前だけで用が済む仕事ではない、という意味だろう。

新製品のモニターとして協力してくれる飲食店は、函館市内のあちこちに点在しているそうだ。

「一軒目は湯の川方面、そこから一旦引き返して五稜郭で二軒目、そして駅の方へ戻ってきて大門《だいもん》寄って、十字街《じゅうじがい》寄って、最後は谷地頭《やちがしら》──という感じかな」

函館市電の路線の端から端までというめちゃくちゃな行程にもかかわらず、中濱さんはさらりと言った。

「途中、どこか景色のいいところでお弁当にしようか。風強かったら車の中で食べるけど」

そして、やっぱりピクニックみたいだ。俺も乗っかるように応じた。

「桜が咲いていたらお花見できたんですけどね」

「もしかしたら気が早いのが何株か咲いているかもしれないよ」

函館の開花宣言はまだだから期待はできないが、今日のニュースで報じられる可能性はあるかもしれない。このところ天気がよく、日に日に気温が上がっているからだ。

俺は『株式会社　山谷水産』とロゴが入った社用車の助手席に乗り込む。運転席には中濱さんが座り、早速シートベルトを締めた後でカーナビを操作していた。

入社してから三週間経ったが社用車に乗るのは初めてだ。あまり使われていないのか、新車のような匂いがする。

「草壁くんは車の運転得意な方？　免許持ってたよね、確か」

エンジンを掛けた中濱さんが、バックミラーで前髪を整えながら尋ねてきた。

「免許はありますが、普段はそこまで運転しません」

北海道はその広大さゆえに完全なる車社会だ。函館も例外ではなく、車がなければ何かと不便で仕方がない。だから俺も一応免許は取った。もっとも乗るのは釣りに行く時と、北斗市《ほくとし》あたりまで買い物に行く時くらいだ。

「通勤はマイカーじゃないの？」

「電車です。車は母のがあるんですが、通勤に使うのは抵抗がありまして……」

両親が東京に住み始めてからも三週間が経過している。いくら乗らないと宣言していたとはいえ、車のない生活はやはり不便なのではないかと密かに気を揉んでいたのだが、母曰《いわ》く『全く困らない』とのことだ。都会はこちらとは違い、バスと電車があれば大体どこへでも行けるらしい。

「抵抗？　どうして？」

中濱さんがきょとんとしたから、俺は正直に答える。

「母が大事に乗っていた車だったので、ぶつけたりへこませたりしたくないんです」

あの真っ赤なミニバンは、母が購入段階から選びに選び抜いて決めたお気に入りの存在だった。休みの日には洗車をし、まめにワックスを掛けて、大事に大事に乗ってきた一台だ。だから函館に置いていくとは思わなかったし、俺がかすり傷一つでもつけたら母は悲しむと思う。

「お母さん想いなんだね」

そう言われると若干面映《おもは》ゆいというか、そこまででもないのだが。

「単に、責任を取れなくて申し訳ないからというだけです」

「謙遜《けんそん》しなくていいのに。そういう優しさ、いいと思うよ」

中濱さんは何気ない口調で言った。気を遣ってくれたのだと思うが、なんとなくそわそわする。

「社用車の運転慣れて欲しいし、帰りは運転してみる？」

車を駐車場から出しながら、中濱さんがそう言った。

「やってみます」

「いいの？　助かる！」

俺が頷いたらすかさず歓声を上げる。

「私、本当は助手席の方が好きなの。景色をのんびり見ていられるからね」

そう続けた中濱さんの横顔を、俺はちらりと窺った。運転席の彼女は真っ直ぐ前を見ながらも、どこか楽しげに微笑んでいた。

「母とドライブする時はいつも助手席に乗せてもらってるよ。大沼《おおぬま》とかよく行くかな」

勤務中や休憩中の雑談でも、中濱さんはよくお母さんのことを話題に出す。休日はよく一緒に過ごしているようで、買い物に行ったとか、二人で料理を作ったとか話していたから仲がいいのが見て取れた。

俺も家族仲が悪いというわけではないが、さすがに休みの日を家族で過ごす機会は近年めっきり少なくなっていた。今は離れて暮らしているから尚更《なおさら》だ。だから中濱さんの言葉に懐かしさを覚えた。

「いいですね、大沼。中学の時にキャンプで行ったきりですよ」

「全然行ってないんだね。おだんご食べたくならない？」

「たまになります。美味しいですもんね、あれ」

大沼名物の銘菓といえばあのだんごだ。一般的なだんごと違って串に刺さってはおらず、四角い容器にみっちり敷き詰められ、上からこし餡や醤油だれで覆われている。

「草壁くんはこし餡と醤油どっちが好き？」

「俺は醤油です。うちの両親はどちらも甘党なので、いつも醤油を独り占めできました」

「いいなあ。私の母も甘いの好きだから、いつも取り合いだよ」

中濱さんは楽しそうにだんご争奪戦のエピソードを語り、車は平日の漁火通りを走る。車はそこまで多くなく、出だしは快適なドライブだった。

特別お喋りだとか、陽気だとかいうほどではないのだが、中濱さんといると不思議と会話が盛り上がる。俺が答えやすい質問をくれるし、それに対して平々凡々な回答しかしない俺をなぜか面白がってくれるからだ。中濱さんは朗らかなだけでなく、気配り上手の先輩だった。

そんな中濱さんの社交性は、仕事において見習うべき姿勢でもある。

「こんにちは！　山谷水産の中濱です」

一軒目の店に入っていく時、中濱さんは元気よく挨拶をした。店内にいた作務衣《さむえ》姿の若い男性が、面《おもて》を上げて目を細める。

「ああ、こんにちは」

「お世話になっております、本日はブリの甘露煮の件で参りました――と」

お辞儀をした中濱さんが、次いで俺に目を向けた。

「こちら、新人の草壁です」

きっと今日はこれから、何度もこのやり取りをするのだろう。そう心に刻みながら俺も深く頭を下げた。

「草壁と申します。よろしくお願いいたします」

それから中濱さんは店の男性と話し始める。持参したブリの甘露煮缶を手渡しながら、丁寧に説明をしていた。

「こちらが以前お願いしておりました、ブリの甘露煮缶の製品版となります。こちらお店で使っていただいて、味や使い勝手、更にお客様の反応などをレスポンスとしていただけたらと……」

作務衣姿の男性は真剣な顔つきで、しきりに頷きながら聞き入っている。

「甘露煮はどのようなアレンジでも大丈夫ですか？」

「ええ！　このままお店で出していただくのも難しいでしょうし、よきように使っていただけたら弊社としても嬉しいです」

「よかったです。実はいくつかレシピを考えておりまして」

中濱さんの言葉に、男性は安堵の表情を浮かべた。そう言うからにはこの人は料理人なのだろう——もしかするとここの店長さんだろうか。俺よりも背が高く、作務衣がよく似合っていた。店内の柔らかい照明の下で微笑む顔は温厚そうで、皺のない肌とも相まって若く見える。二十代後半か、三十代なりたてくらいだろうか。

もしも店長さんだとしたら、若いのにこんなお店が持ててすごいなと思う。店内はこぢんまりとしていて、落ち着いた和風の内装だった。木目が美しい一枚板のカウンターや、畳敷きの気持ちよさそうな小上がり席があり、見るからに長居が楽しめそうだ。振り返ると店の引き戸のすりガラス越しに暖簾《のれん》が透けて見えていた。

『小料理屋　はたがみ』

そういえば、小料理屋というジャンルの店に入るのはこれが初めてだ。居酒屋とはやはり違うのだろうか。カウンターの奥に日本酒やワインの瓶が並んでいるからお酒を提供する店であるのは間違いなさそうだ。壁に貼られたお品書きは『イカの塩辛』や『刺身船盛り』、『肉じゃが』などで、価格は思っていたよりも手頃だ。

店の中には炊き立てご飯と思《おぼ》しきいい匂いが漂っていて、早くもお腹が空いてきた。開店前のようだが何か作り始めているのだろうか。そういえば暖簾も掛けられていたが——。

「草壁くん、ここのお店に興味ありそうだね？」

あまりにきょろきょろしすぎたか、中濱さんがからかい交じりにつついてきた。

「すみません、こういうところに入ったことなくて」

「そうだよね。私も仕事以外だとなかなか来られないよ」

俺たちの世代が飲みに行くとなると安いチェーン店などが主だろう。俺はお酒は飲まないが、こういうお店に行くのは正直憧れる。行きつけの店があると大人になれたような気がするからだ。

「よかったらいつでもいらしてください。ご予約も承ってますよ」

作務衣の男性の言葉に、中濱さんは眉間に皺を寄せ考え込む。

「次の……次の飲み会とかで提案しちゃおうかな。あいにく新人歓迎会はジンパってもう決まっちゃってるんですよね」

ジンパとはジンギスカンパーティーの略だ。道民は何かというとジンギスカンをする。俺はここ出身だから当たり前の感覚だが、大学や就職などで初めて北海道を訪れた人たちはラム肉ばかりの焼肉に戸惑うものらしい。

そして山谷水産では、たった一人の新人——つまり俺のために新人歓迎会が開かれるそうだ。時期は来月頭、ちょうど来る桜の季節も兼ねてということだった。

「そうしようよ草壁くん。次の次の飲み会は播上《はたがみ》さんとこでって課長に絶対言おう！」

中濱さんがいつになく張り切っているようだ。気炎を揚げるその言葉に、俺もつられて頷く。

「いいですね」

「よろしくお願いします。その時にはサービスいたしますから」

俺たちの会話を聞いて、作務衣の男性――播上さんは嬉しそうに笑った。


四軒目の訪問が済んだところで、お昼にしようと中濱さんが言い出した。

「遅くなっちゃってごめん。お腹空いたよね」

時刻は午後一時を過ぎている。午前中最後にしようと訪ねた先で、お店の方と中濱さんの雑談が盛り上がり、思いのほか時間を食ってしまったのだった。

「ここからなら函館公園が近いし、行ってみようか」

「いいですね」

社用車を走らせ、函館山の麓《ふもと》にある函館公園へと向かう。近くの駐車場が都合よく空いていたので、車を停めて公園まで歩いた。もちろんお弁当は忘れず持っていく。

「運がよかったね。桜のシーズンならこうは行かないよ」

中濱さんの足取りは軽やかで、本当にピクニックに来たみたいだった。休憩時間とはいえ、これも勤務中だと思うと気を抜けない俺とは対照的だ。

「あ、見て見て！　あれちょっと咲いてない？」

公園の入り口を抜けたところで、中濱さんは声を上げる。

入ってすぐの噴水広場には、周りを取り囲むように松や桜の木が立っていた。そのうち桜の木にはすっかり色づいたつぼみが数えきれないほど芽吹いている。目を凝《こ》らせば確かにいくつか綻び始めているものがあった。

「開花してない？　私たち、開花の瞬間に立ち会ったんじゃない？」

中濱さんが大はしゃぎで尋ねてきたので、俺は思った通りに答える。

「どうでしょうね。標本木はここではなく、五稜郭公園にありますから」

「ここで咲いてるなら五稜郭だって咲いてるよ、きっと」

そう言い切ると、中濱さんはこちらを向いて笑った。

「行こ、草壁くん。暖かいところでご飯食べよう」

柵のない噴水が静かに水を噴き上げ、飛沫《しぶき》が春の陽射しできらきら光って見える。空は明るく晴れ渡っていて、薄いすじ雲が風にゆったり流されていた。向こうには青々と美しく茂る函館山がそびえ、山頂を目指すロープウェイのゴンドラが今日ものんびりと動いている。のどかな景色だった。

中濱さんはしっかりビニールシートも持参していて、俺たちは噴水傍の芝生に並んで座る。広場には子連れを中心にいくらかの人出があったが、さすがにスーツ姿でお弁当を食べようとしている人間は俺たちだけだった。ツアー客と思しき集団が公園内を突っ切っていくのも見え、春だなと思う。

「観光シーズン到来ですかね」

お弁当箱を開きながら呟くと、中濱さんは残念そうに言った。

「あの人たち惜しいな、週末に来たら出店があったのに」

函館公園は花見シーズンになると露店が出る。色彩豊かな天幕の屋台行列が桜並木に花を添え、園内は一層の賑わいに包まれる。大型連休中の函館市内は観光客と花見客とでごった返すのが常だった。

「桜の時期にもちょっと早くて、もったいなかったですね」

「そうそう。でも咲いてるのもあるし、それに『こどものくに』もあるから十分楽しめるか」

中濱さんが口にした『こどものくに』というのは公園内にある小さな遊園地で、日本最古の観覧車があることでも知られている。公園併設の施設なので入園料はなく、チケットを買って遊具に乗るシステムだ。俺も幼かった頃、何度か遊びに来たことがある。

見上げれば木々の向こうに、観覧車の剝《む》き出しの椅子や飛行機の遊具が回っていた。お客さんが来ているようだ。

「あの観覧車、ガラス張りじゃないから怖いんだよね。乗ったことある？」

「あります。近場で価格帯も手頃なので、小学生時代には何度か連れてきてもらいました」

そう答えると、中濱さんは瞬きをしながら俺を眺めた。

「聞いておいてなんだけど、草壁くんが遊具で『わー』って遊んでるところ、あんまり想像つかないな」

それは自分でもそう思う。黙って頷けば、彼女は急に慌てて口元を押さえた。

「ごめん、失礼だったね」

「そんなことありません。俺もそう思います」

「なんて言うか、図書館で物静かに本を読んでそうな子供ってイメージ。おりこうそうだし」

寡黙《かもく》そうだとはよく言われる。実際は無口でもなく必要があればいくらでも話す人間だが、人見知りではあるかもしれない。

だから中濱さんの距離感には戸惑いと安堵の両方を覚えている。まだ知り合って三週間なのに遠慮なく踏み込んでくるなと思う時もあれば、俺が話題を探す必要もないほど話しかけれくれて、ありがたいなと思う時もある。

「今まで会ったことないタイプだから、面白いなって思っちゃうんだ。ごめんね」

謝りながら中濱さんはお弁当箱の蓋を開けた。パステルブルーに白のマーブル模様の、可愛らしいランチボックスだ。

「お気になさらず」

そう応えて、俺も持ってきたお弁当箱に手を掛ける。

本日のランチは鮭の炊き込みご飯おにぎりとちくわのチーズ焼き、それにアスパラとピーマンの煮びたしだ。ちくわにチーズを載せてトースターで焼くだけ、アスパラとピーマンをつゆで煮て、つけておくだけという簡単おかずはもちろんイチイさんから学んだものだった。

「いただきます」

俺が手を合わせたのを見て、中濱さんも真似るように続く。

「いただきまーす」

鮭の炊き込みご飯おにぎりに、包んだアルミホイルを剝《は》いでから食いついた。冷めても鮭の旨味はそのままで、味のよく染みたご飯は一口目から美味い。白米のおにぎりは中心のおかずに行きつくまで、一気に食べるか少しずつ食べ進めるかの戦略が必要となるが、炊き込みご飯は均等に具が混ざり合っているので無心で味わうことができる。

公園の芝生は緑の匂いがした。噴水の傍の空気はややひんやりとしていたが、降り注ぐ陽射しのお蔭でそこまで寒くはない。日向《ひなた》で食べるのはいい気持ちだった。

一つ食べ終えたところで、中濱さんがこちらを覗き込んでくる。

「炊き込みご飯のおにぎりだ」

「ええ。イチイさんのレシピで作ったものです」

「あ、まだ見てくれてるんだ。何を作ったの？」

「鮭の水煮缶で作る炊き込みご飯です。教えてくださって、中濱さんにも感謝しています」

そう告げると彼女は目を細めて笑った。

「どういたしまして。あのレシピね、シメジとか、油揚げを足しても美味しかったよ」

「中濱さんも作られたんですね」

「もちろん。簡単だから何度も作ってるんだ」

鮭の炊き込みご飯においても中濱さんは先輩のようだ。次に作る時には参考にさせてもらおう。

「草壁くんが嫌じゃなかったら、一個トレードしない？」

ふと、中濱さんが自らのお弁当箱を差し出してきた。中身は平べったいおにぎり――だろうか。サンドイッチのように海苔とご飯でいろんな具材を挟んである。エビフライと薄焼き卵、鮭とチーズとレタス、ハンバーグなど、断面まできれいで美味しそうなおにぎりだ。

あまりに整ったビジュアルに、俺は躊躇《ちゅうちょ》した。お弁当初心者のおにぎりと、この中濱さん謹製の美しいおにぎりとを交換して、果たして同じ価値となるだろうか。

「公正な取引とは思えませんが、よろしいんですか？」

俺が聞き返すと、中濱さんは意味を測りかねたのかしばらく考え込む。

「ええと……お互いに『食べてみたい』って思うなら、公正なんじゃない？」

「中濱さんにそう思っていただけたなら光栄です」

「未だにかしこまってるね。オーケーなら貰っちゃうよ」

俺としても中濱さんのお弁当を食べてみたかったので、納得の末に炊き込みご飯おにぎりを手渡した。トレード相手は自由に選んでと言われたので、鮭チーズレタスをいただくことにする。

「変わった形のおにぎりなんですね」

「それ、『おにぎらず』っていうんだよ。握ってないの」

おにぎらず。初めて聞いた名前だ。

見るからに訝《いぶか》しそうな顔をしていたんだろう。中濱さんが俺に、笑いながら説明してくれる。

「ラップの上に海苔を敷いて、ご飯を広げて、そこに具材を載せて畳んでいくの。最後に包丁でラップごと切るとこうなるってわけ」

「確かに、握ってないですね。いただきます」

初めて食べるおにぎらずの一口目で、衝撃を受けた。

「米が、美味しい……！」

柔らかい海苔に包まれたご飯が、こちらもふんわり柔らかいのだ。お弁当のご飯と言えばぎゅっと握ったおにぎりか、ぎゅっと詰めたご飯だと思っていた俺にとって、このふわっとした食感は革命的だった。

俺の感嘆《かんたん》の声に、中濱さんは困ったように口を尖らせる。

「えっ、ご飯だけ？」

「もちろん具も大変に美味しいです。ご飯によく合う味わいでした」

具の鮭はマヨネーズで和えてあり、その酸味がシャキシャキしたレタスやまろやかなスライスチーズとの相性も抜群だ。具がぎっしりで食べ応えもすごい。そこにこの美味しいご飯が加われば、もはや言葉にならない素晴らしさだ。

しかし中濱さんが誤解をしたままではいけないので、どうにか思いの丈《たけ》を言葉にしてみる。

「何よりこのご飯の空気感、おにぎりとはまるで違っていて感動しました。それでいて海苔のお蔭で、食べても崩れないところも最高です」

自分でお弁当を作るようになったからこそわかるのだが、適度な硬さのおにぎりを握るのはたやすいことではない。握りすぎると硬くなり、米粒も潰れてしまうし、かといって優しく握ろうとすると食べる際にぽろぽろ崩れてしまう。

だがおにぎらずはぐるりと一枚海苔で包んであるため、ふんわり包んだ状態でも脆《もろ》く崩れたりはしないのだ。具がボリュームたっぷりに挟まれているのも海苔のお蔭だろう。実に革命的な一品だ。

「おにぎらず、エポックメイキングな献立ですね」

俺の賞賛《しょうさん》に、中濱さんは頰を掻《か》いてみせる。

「私が考案したものじゃなくて、最近だとお弁当の定番だよ。イチイさんだって作ってたし」

知らなかった。帰ったら早速レシピを探し出してみなければ。

「では、俺の知らない間に革命が起きていたということですね」

「まあ……畳んで作るから具を盛り盛りにしても大丈夫なのは革命的かも。いっぺんにたくさん作れるし、助かるんだよね」

中濱さんは得意げな顔をしてから、俺の炊き込みご飯おにぎりを一口食べた。おにぎらずを食べた後では自作おにぎりの力加減が不安になってきたが、中濱さんはすぐに感心した様子で二度頷く。

「あ、美味しい……！　すごくいい味つけ。上手だね、草壁くん」

「ありがとうございます。イチイさんのお蔭ですよ」

イチイさんのレシピは俺の生活に確実な変革をもたらした。毎日の自炊は当たり前となり、職場にもお弁当を持っていくようになった。目前に迫った観光シーズンに備えてというのもあるが、自分で作った方が効率がいいというのもある。煮びたしのような常備菜があれば疲れて帰った日にもすぐご飯にできるし、ご飯を作ろうと思うと帰宅後もだらだらせずに済み、フットワークが軽くなった。何より冷蔵庫が空っぽではないのが心強い。一人暮らしだからといって自堕落《じだらく》に暮らしていてはもったいないだろう。

おにぎらずも是非、レシピを探して作ってみよう。

「あ、今日のおかずも両方見たことある」

「これもイチイさんのレシピで作りました」

「美味しいよね。煮びたしみたいな、放置してできる料理大好きだよ」

わかる。放っておけば美味しくなる献立は一人暮らしの強い味方だ。ちょっとの手間が食卓を豊かにしてくれるのだから自炊は素晴らしい。

「本当に、イチイさんには感謝してもしきれません」

俺はお弁当を味わいながらしみじみと呟いた。

「つい三週間ほど前には、お弁当を作って持ってくる自分というものが全く想像つかないほどだったんです。それが今では自炊を苦にせず続けられるようになってきました。イチイさんは、俺の食事に対する姿勢に大いなる影響を与えた偉人なんです」

「偉人？　スケールがすごいね」

中濱さんが驚き混じりに聞き返してくる。

「ええ、すごいことです。実際に顔を合わせた人ではなく、むしろ文字と画像でしか知らない人にこんなにも意識を変えられるとは思いもしませんでした」

もちろんそういう機会はこれまでにもあった。作品世界に取り込まれるほど素晴らしい映画を見た時、耳にいつまでも残る美しい音楽を聴いた時、誰かの魂の叫びのような言葉に触れた時――芸術とはそういうものだ。だが作りやすいレシピというものに心を動かされるとは思いもしなかった。であれば、イチイさんもまた芸術的存在であるのかもしれない。

「イチイさんって、どんな方なんでしょうね」

何気ない俺の言葉に、中濱さんは眉根を寄せた。

「それって、気になるもの？」

「気になります。あれほどまめまめしくお弁当を作っている人物です。しかも他人のためにレシピも残しておいてくださる……それほど非常に献身的で心優しい方は、一体どんな人なんだろうと思いますよ」

自分の記録用だというならレシピを載せておく必要はない。その時点で『誰かのために』という思いがあるのだろう。立派な行いだ。

「私、そういうの気にしたことなかったな……どんな人、かあ」

中濱さんはぼんやりとした声を上げる。

「他のレシピ載せてるSNSも見たことあるし、レシピサイトもよく見るし、料理以外でも調べものとかで見たりするけど。それをどんな人が書いているかなんて考えたこともなかったよ」

「俺は時々考えるんです。イチイさんはどんな人なんだろう、なぜお弁当を作っているんだろうと」

俺にとってのお弁当作りは必要に駆られて始めたものだ。観光シーズンになれば職場近くのコンビニや飲食店が混むから、今から自炊に慣れておこうと続けている。今ではそこに効率性や楽しさといった目的もプラスされたが、他の人はどうなのだろう。例えば俺に最も大きな影響を与えてくれたイチイさんは、なぜお弁当を作っているのだろうか。自分のためか、大切な人のためか、そのお弁当をどこで食べるのか――。

「いろんなことを考えてるんだね」

おかしそうに相槌《あいづち》を打った中濱さんが、明るく続けた。

「でも強いて言うなら、私、イチイさんって男の人だと思うな」

「なぜ、そう思われますか？」

「お弁当箱がいつもすごくシンプルじゃない？　女の人ならランチボックスにもこだわるんじゃないかって……ちょっと偏見かな。でもそう思うんだ」

イチイさんはいつも無地の曲げわっぱ弁当を使っている。もちろんそれがご家族用という可能性もなくはないが、無地にこだわる理由は何かあるのかもしれない。

そういえば、中濱さんがおにぎらずを詰めてきたお弁当箱はパステルブルーのマーブル模様だ。それを横目で確かめた後、俺は頷いた。

「信憑性のある説ですね」

「やったね。褒められた」

口元を少しゆるませた中濱さんが、いたずらっ子みたいな顔をする。

「いっそ確かめてみるのはどう？　イチイさんにリプ送って、反応見てみるとか」

そう言うからには彼女もイチイさんがどんな人か気になってきたのかもしれない。

思わぬ提案に、俺は少し考えてから答えた。

「しかしいきなり人となりを尋ねるのも失礼な気がしますし、まずはお礼を申し上げるところから始めたいと思います。あなたのお蔭で毎日が充実しておりますと」

ちょうど、俺の生活を変えてくれた人に一言お礼を述べたいと思っていた折だ。黙って情報をいただいているというだけでは俺の気が済まなかった。それでイチイさんが喜んでくれるかどうかもわからないが——。

「それっていいね」

胸の内を読んだかのように、中濱さんがぽつりと言う。

「喜んでもらえるよ、きっと」

遠くの桜のつぼみを眺めるその横顔は、声音《こわね》と同じく優しかった。

背中を押してもらえたような気がして、俺は貰ったおにぎらずを食べながら心に決める。イチイさんにリプライを送ってみよう。

「このおにぎらずも本当に美味しいです。中濱さんもお料理上手なんですね」

「ありがとう。それもイチイさんのところに作り方載ってるよ」

「今度遡って探してみます」

マヨネーズで和えた鮭はどこか懐かしい味がした。父がこれで晩酌をするのが好きだったことを思い出す。

「ところで、草壁くんってSNSやってるの？」

不意に中濱さんがそう尋ねた。

当たり前だがSNSというものは、アカウントを登録している者同士でないとやり取りができない。

「ええ、やってます。お弁当ではなくて釣り用の趣味アカウントなんですが」

「釣り？　見てみたいな、アカウント名は？」

「『太公望ユウキ』です」

一瞬、変な間があった。

中濱さんはじっと俺を見て、おずおずと聞き返してくる。

「太公望……？」

「ええ。釣りが好きなもので」

次の瞬間、中濱さんは弾けるように笑い出した。

3、ホッケのカレームニエルと甘露煮アレンジ

五月に入ると、桜の花々が一斉に満開を迎えた。

桜の根元に座り込みながら見上げれば、青空を覆い隠さんばかりに白い花が咲き誇っている。風にあおられはらはらと降り落ちる花びらは、つい数ヶ月前まで降っていた雪を思い出させた。長かった冬もようやく終わり、しばらくは暖かい季節がやってくる。

俺はたった一人で函館公園の桜が植栽《しょくさい》されているエリアにいた。広すぎる六畳ほどのビニールシートを敷き、それの重石《おもし》になったがごとく座り込んでいる。要はお花見の場所取りだ。

山谷水産春の恒例行事だというこのジンギスカンパーティーでは、新入社員が場所取りに駆り出されることが決まっているらしい。新人歓迎会も兼ねているのに当の新人が場所取りというのも理不尽な気がするが、その代わり会費は無料だという話なので一も二もなく参加を決めた。早起きが辛くない身でよかったと思う。

お花見シーズンの函館公園は例年通り人でごった返していた。先程から俺の目の前を大荷物の家族連れや学生と思しきグループ、あるいは俺たちのような会社勤めらしい老若男女の集団が、ひっきりなしに行き来している。現在の時刻は午前十一時で、

既にジンギスカンを始めている人もいるようだ。春風に乗って桜の花びらと共にいい匂いの煙も漂ってきた。噴水広場周辺に出ている露店もぼちぼち営業を始めた頃かもしれない。

ちょっと、お腹が空いてきた。

朝ご飯はしっかり食べてきたが、周囲に誘惑が多いのがいけない。場所取りの番でなければすぐにでも露店に飛びつくところなのに、ここを離れられないのが辛かった。とりあえず心を無にして、皆が合流する時間までやり過ごすしかない。

ビニールシートの上で正座をし、目をつむった時だった。

「あっ……いたいた、草壁くーん！」

不意打ちのように呼びかける声がして、閉じた瞼をすぐ開ける。見れば公園を通るゆるやかな坂道を、のたのたとふらつきながら登ってくる中濱さんの姿があった。肩から大きなクーラーボックスを提げていて、明らかに重たそうだ。

俺は慌ててビニールシートから飛び出し、しかし靴は忘れずに履いてから中濱さんに駆け寄る。

「大丈夫ですか？　持ちますよ」

「ありがと……はあ、すごく重かった……」

中濱さんはすっかり息が上がっていた。受け取ったクーラーボックスはずっしりと重く、俺の肩にも食い込むほどだ。それをビニールシートの上まで運んでから振り返ると、中濱さんもくたびれた様子でシートに倒れ込んでいた。

「お花見前から疲れちゃった。この辺、坂ばかりなんだもん」

クーラーボックスの中身は缶ビールと保冷剤だ。俺が場所取り当番であったように、二番手に若い中濱さんはお酒の買い出し係を任命されていた。

「逆の方がよかったですね。俺が買い出しに行くべきでした」

仰向《あおむ》けになってぐったりしている中濱さんの腕は、当たり前だが俺よりずっと細い。肩幅も背丈に見合うほどしかないのに、こんなに重いものを持ち運ぶのは相当難儀《なんぎ》だっただろう。

俺の言葉に中濱さんは首だけ動かしこちらを見て、たしなめるように笑った。

「お酒飲まない人にお酒の買い出し頼むのもおかしいでしょう」

それも一理あると言えばある。俺が中濱さんの隣に座れば、寝転がったままの彼女は愉快そうに続けた。

「草壁くん、本当に全然飲まないの？　乾杯もなし？」

「飲まないです。乾杯は烏龍茶《ウーロンちゃ》でお付き合いします」

「残念、酔っぱらったところ見たかったのに」

あいにくそれは両親にも見せたことがない。俺が黙ると、中濱さんは慌てたように飛び起きる。

「あ、別に無理強いするつもりはないからね。飲まなくても全然いいから」

「もちろん、わかってます」

中濱さんは後輩に飲酒を強制するような人ではない。俺が頷くと安堵の表情を見せ、それから乱れた髪を一度解き、手櫛で髪を整え始めた。ウェーブがかった髪が春の陽射しに一層明るく輝いて、柔らかそうだなとふと思う。

「……そうだ」

無事に結び終えた中濱さんが、思いついたように声を上げた。

「集合時間までまだあるし、何か半分こして食べない？　肉体労働したからお腹空いちゃって」

ありがたい申し出だ。これからジンギスカンだというのはわかっているが、周囲がいい匂いだらけの状況では我慢も限界だった。間髪《かんはつ》入れず俺は頷く。

「いいですね、俺もちょうど食べたかったんです」

「やった。じゃあ私、買ってくるよ」

言うなり中濱さんは立ち上がった。先輩を使うようで悪いと俺も腰を上げかけたがそれは押しとどめられ、彼女は俺の希望だけ聞くと、颯爽《さっそう》と露店の方角へ向かう。

仕方なくビニールシートに座り直し、俺は中濱さんの帰りを待った。一人になると途端に静かになったようで、少し落ち着かなかった。

ものの五分もせずに戻ってきた中濱さんは、手に透明なパックを持っている。透けて見える中身はたこ焼きだ。

「お待たせ。さ、みんな来る前に食べて証拠隠滅しよう」

広いビニールシートの端っこに二人で座って、間にパックを挟むように置いて食べ始めた。八個入りのたこ焼きはどうやら作り立てのようで、残念ながら食べるのには時間が掛かりそうだ。

「でもなんだかんだ、熱々の方が美味しいよね」

中濱さんのお言葉には全く異論がない。

俺たちは、風に揺れる桜並木と行きかう花見客を眺めながらたこ焼きを食べた。一粒が大きいたこ焼きで、爪楊枝《つまようじ》で刺して持ち上げると重みを感じる。ふわふわの生地の中身はとろりとしていて、油断すると舌を火傷しそうなほど熱い。そして飲み込めばお腹の底からかっと暖まるようだ。歯ごたえのあるタコの存在感ともあいまって、実に美味しいたこ焼きだった。

「たこ焼き、おいくらでしたか？」

「いいよ、安かったし。たまには先輩らしいことしないとね」

「中濱さんはいつでも先輩らしい方です」

「そんなことないよ。草壁くんがしっかりしてるから焦ってるくらい」

言葉の割に冗談めかした言い方だったので、それはリップサービスというやつだろう。ともあれ中濱さんはかぶりを振った後、話題を変えるように言った。

「そういえば私が来た時、草壁くん正座してなかった？」

「してました。待ち時間を、考え事をしながら過ごそうと思いまして」

「何それ、どういうこと？」

例によって中濱さんが笑い出したので、俺は説明に入るまでに少し待たなくてはならなかった。たこ焼きを一つ味わえるだけの間があって、ようやく落ち着いた彼女に打ち明ける。

「釣りをする時もそうなんですが、待ち時間にはよく考え事をするんです。時間も潰れるし、有意義に過ごせて一石二鳥なんです」

「釣りしてる間に考え事できる？」

目元に滲んだ涙を指で拭いながら、中濱さんが言った。

「そんなことしてたら引きを見逃しちゃったりしない？」

「よく見逃します」

「やっぱり！」

だから釣果が芳《かんば》しくないのだと自分でも思う。中濱さんはいよいよ声を上げて笑い、苦しそうにしながら尚も尋ねてきた。

「で、そこまでして草壁くんはどんなことを考えてるの？」

「幅広く、いろんなことを。鶏と卵はどちらが先だったのか。屈斜路湖《くっしゃろこ》にクッシーは本当にいたのか。交通事故をなくす方法はあるのか。変わりゆく海とどのように向き合っていくべきなのか、などです」

「すごく真面目に考えてる！」

今度は驚きに目を瞠《みは》った中濱さんが、そのまま瞼を伏せる。物思いに耽《ふけ》るような顔は和《なご》やかで、唇はうっすら微笑んでいた。

「でも、そういう草壁くんは想像できるかも。本当に太公望みたいな……」

俺は急に視線のやり場に困り、押し黙る。たった今気付いたことだが中濱さんは睫毛が長い。

そのまま想像を巡らせていたらしい中濱さんが、まるで目覚めるみたいに目を開いた。眩しそうに一旦眇《すが》めた後、何か思い出したような顔をする。

「そういえば、イチイさんとコンタクトは取れた？」

「こちらからお礼は申し上げました。返信はありませんでしたが」

桜が開花する寸前の四月、ちょうどこの函館公園で中濱さんと話したことだ。

結果として俺はイチイさんのＳＮＳに感謝のリプライを送った。『太公望ユウキ』

のアカウントでだ。しかしイチイさんからの直接の返信はなかった。

そもそもイチイさんのSNSにはお弁当の写真を載せる度、複数人からのリプライがある。それは俺のような感謝の言葉だったり、お弁当を褒める言葉だったり、『バターの代わりにマーガリンでもいいですか？』というようなレシピに対する質問だったりするのだが、それに対してイチイさんが返信をする様子は今のところ見かけていない。イチイさん側からのフォローもゼロだし、SNSを通じての交流にはあまり興味がないのだろうか。

「そっか、残念だったね」

中濱さんが気遣わしげに声を掛けてくる。

「いいえ、そうだろうと思っていましたから。俺もひとまず感謝をお伝えできれば満足ですし、それ以上は望みません」

とはいえイチイさんについての興味が失せたわけではなく、むしろより一層募った。ここまでストイックにお弁当を作り続け、俺のような人間のためにレシピも公開しておきながら、あえて誰とも接したがらないイチイさんとは一体どんな人物なのだろう。無欲で献身的、そして思いやりに溢れた人ではないかと思っているのだが――。

「あっ、みんな来た！」

中濱さんの言葉通り、坂の向こうから見知った顔の集団が歩いてくるのが見えた。

ジンギスカン用のコンロを抱えた加賀課長に、上のお子さんの手を引き、下のお子さんを肩車している小野寺さんもいる。隣に寄り添っているのは製造課にお勤めの小野寺さんの奥様だ。それ以外にもざっと三十人近くがこちらに気付き、笑顔で近づいてきた。

「早くたこ焼き食べちゃわないと。ほら、草壁くん」

慌てた様子の中濱さんが、最後のたこ焼きを俺の口に押し込んでくれる。既に程よく冷めていて、美味しく証拠隠滅ができた。

たこ焼きはその後のジンギスカンパーティーにも影響することなく、その日は大人数で桜とジンギスカンを楽しんだ。

満開だった桜が呆気《あっけ》なく散り、そのまま季節が進んで六月に入った頃、俺の仕事は本格的に忙しくなった。

新人歓迎会が済んだら一人前だと言わんばかりに、一人で仕事を任されるようになったのだ。これまでは中濱さんや加賀課長、小野寺さんについて直接教わってきたが、これからはそれもなくなるらしい。取引先への新商品の提案やモニター調査なども一人で行くようにとのことだ。

「今後もわからないことがあったら、いつでも聞いていいからね」

もっとも、中濱さんはそうも言ってくれている。重ね重ね、優しい先輩だ。

現在は今月発売したばかりのブリの甘露煮の市場調査を行っている。先行して駅や空港などの土産物店で試食販売を行い、また市内飲食店に提供してもらえないかとお願いして回っていた。今日はいち早く土産物店での売り上げや消費者動向が上がってきたそうで、開発課会議で共有しているところだ。

「試食に関しては概ね高評価でした。美味しい、白いご飯に合いそうと好意的なご意見が多かったとのことです。ブリの甘露煮は初めて食べたという方ばかりだったようで、物珍しさもあったようです」

土産物店を担当している小野寺さんはそこまで笑顔だったが、すぐに難しい顔をして続けた。

「ただ……売り上げの方は芳しくなかったですね。甘露煮という時点で味が想像できるのもあり、買ってまで食べようという購買意欲の刺激には繋がらなかったかと」

実際、魚の甘露煮といえば大体の人がその味を想像できるだろう。ご飯に合うのも確かだが、思わず買ってみたくなるというほどの求心力はなかったのかもしれない。

「土産物店だから、ってのもあるのかもね」

加賀課長がこめかみを揉み解《ほぐ》しながら唸る。

「函館じゃブリは新食材として注目を集めている折だけど、本州の人からすればちっとも珍しくないはずだし。それならそれで、地元向けに売り出す手もあるかな」

「小売の方からも、次の新商品はもう少し斬新なものをという要望が来ています」

中濱さんの発言に対し、課長が片眉を上げた。

「斬新？　難しいこと言うなあ」

「一品目は甘露煮でいいとして、二品目は日新しさ重視で話題を集めたいということです。ブリ自体は道内では注目集まっていますから、その流れに乗せて一気に売り出したいそうで、インパクトのある商品をとお願いされました」

「売り出したいのはうちも同じ。しかし、目新しい商品かあ……」

開発課ではブリの甘露煮を押し出しつつ、それとはまた違う斬新なブリ商品を考えなくてはならないようだ。言葉にするのは簡単だが、インパクトのある商品なんてそうそう思いつくものではない。それを考えるのが俺たちの仕事、というのも事実ながら。

七月の終わり頃から、函館ではぼちぼちブリが獲れ始める。次の新商品はその漁期に合わせて出すことになっており、発売促進のための試食会も行うとのことだった。

「八月の港まつりで大門あたりに屋台が並ぶっけさ？　あそこにうちでもブースを出すの」

夏の函館は他の地域と同様、イベントが目白押しだ。五稜郭公園に舞台を設けた市民野外劇や湯の川温泉での花火大会もあるが、中でもひときわ盛大なのが港まつりだろう。八月の頭から四日間の日程で行われ、初日は函館港での花火大会から始まり、駅前を歩行者天国にしてのパレードも開かれる。幹線道路を数万人規模で踊りながら練り歩く光景は地元民から見ても壮観だ。

かつて函館は幾度となく大火に見舞われた。港まつりはその復興を祈るものとして始まったという。俺も昔は両親や友人たちと見に行ったものだ。高校時代以来の港まつりは見る側ではなく、催事側として参加することになりそうだった。

「だからそれに間に合うように新商品を開発します。今年の夏は忙しいよ、みんな」

発破《はっぱ》を掛けた加賀課長が、次に俺へと目を向ける。

「草壁くん、飲食店の方はどうだった？」

入社して一ヶ月も過ぎれば、こういう場で発言するのにも大分慣れてきた。俺は頷き、口を開く。

「こちらでも甘露煮の味自体は好評でした。ただアレンジがしづらいというご意見もありまして、店での提供が難しいと仰る方もいました」

店によっては乾きものと同じように、缶を開けてお皿に盛るだけ、あるいは少し温めての提供をしたところもあった。だが『缶詰をそのままメニューとして出すのは抵抗があり、しかし料理の食材として使うには甘露煮の味は強すぎる』という店もあり、モニター調査としては難しい面もあるようだ。

「ぶっちゃけ、甘露煮はそのまま食べるのが一番美味しいのかねえ」

困り顔の加賀課長が救いを求めるように話を振ったのは、中濱さんだった。

「中濱さん、どう思う？　アレンジ難しい？」

「私も家でいろいろ試してみたんですけど、結構難しいですね。チャーハンとかパスタとか、私的には美味しくできたんですけど……」

甘露煮チャーハンに甘露煮パスタは想像がつくようでつかない。中濱さんが自宅でも仕事に打ち込んでいるのは素晴らしいと思うが、挑戦的なメニューにも思えた。

挑戦的といえば、

「もう少しアレンジレシピを考えてみたいと言ってくださったお店もあって、明日そちらに伺う予定なんです。いいものがあれば使わせてもらおうかと思います」

俺が報告を付け加えると、加賀課長が表情を明るくする。

「え？　ちなみにどこどこ？」

「湯の川の播上さんですね。『小料理屋はたがみ』さんです」

「ああ、あそこね！　ありがたいねえ」

頷く課長に、小野寺さんも声を弾ませた。

「あのお店美味しいんですよ。法事で仕出しをお願いしたんですが、子供たちも大喜びで」

「評判いいよね。私も一度行ってみたくてさ」

「行きましょうよ課長！　次の飲み会――それこそ試食会の打ち上げとかで！」

加賀課長が乗り気になったと見てか、中濱さんが嬉しそうに提案する。その勢いのよさは今まで見たことがないほどで、俺はもちろん驚いたし、課長や小野寺さんも物珍しそうに笑っていた。

「そこまで言うなら決まりだね。ただ、試食会が成功しないことには打ち上げもないんだから、みんな気合入れて取り組もうね」

美味しい打ち上げのためにも、ブリを使った斬新な新商品の開発を行わねばならない。俺たち開発課一同は改めて目標に取り組むこととした。

それにしても、『小料理屋はたがみ』さんはそれほどいいお店なのだろうか。一度お会いした播上さんは確かに優しそうな人だったし、雰囲気のよさそうなお店だとも感じたが、正直あの時の中濱さんは営業トークで言っていたのかとばかり思っていた。

会議の後にそう打ち明けたら、中濱さんは得意げな顔をする。

「草壁くん知らないの？　あのお店はちょっと前に話題になってね、はるばる内地から聖地巡礼に来るほどなんだって」

「聖地巡礼？　どういうことです？」

彼女の説明によれば『小料理屋はたがみ』さんは過去に函館で行われたドラマロケの、ロケ弁を提供されたそうだ。その時に主演俳優がロケ弁をいたく気に入り、インタビューとして雑誌に掲載されたことで人気に火がついた――ということらしい。

「マグロカツ弁当、私も食べたかったんだけどすぐに売り切れちゃうから……せめてお店に行きたいじゃない？　地元民なのに食べたことないとか悔しすぎるでしょう？」

中濱さんはいつになく熱く語ってみせる。

しかしあいにく俺は件《くだん》のドラマを見ておらず、主演俳優の名も知らなかった。

「草壁くんってドラマとか見なさそうだよね」

「ええ、テレビ自体見ませんね」

それどころか現在、我が家にテレビは一台もない。両親が東京へ持っていったからだ。いざとなればスマホで見られるしと思っていたが、家に一人だと点けることもないし、ニュースや天気予報ならネットで十分だった。

しかし時流に取り残されていた俺でも、播上さんのところの料理は俄然楽しみだ。

「それなら尚のこと頑張りましょう、新商品開発」

そう声を掛けたら、中濱さんはまるで花が綻ぶみたいに笑った。

「もちろん。一緒に打ち上げしたいもんね！」

退勤後、電車に揺られて帰りながらの日課はイチイさんのＳＮＳを確認することだった。

車窓から見える故郷の街並みも悪くはないが、さすがに今更新鮮味はない。だから道中はスマホを見ることが多かった。今夜は何を作ろうか、明日は何をお弁当に持っていこうかと考える時に参考になるし、メニューが固まればそのままスーパーにも寄れる。純粋に、イチイさんの作る美味しそうなお弁当自体を楽しみにしているのもまた事実だ。ごとごとと揺れる路面電車に空っぽの胃を刺激されつつ、俺はスマホ越しにイチイさんのアカウントを見にいく。

今日は更新があり、ホッケのムニエルとアスパラガスのバター炒め、蒸かしイモ、それにゆで卵というラインナップだった。薄く衣をまとったムニエルはきつね色の焼き目がついており、バターソースを絡めているからつやつやしていて見ているだけでお腹が空く。アスパラガスの緑、サツマイモの紫、ゆで卵の黄身と色合いもきれいだ。

それを見ていてふと――俺は気付いた。

イチイさんは生ホッケを使っている。

レシピによれば三枚おろしを買ってきてそのまま調理に使ったようだが、生ホッケは北海道以外ではなかなか出回っていないはずだ。なぜならホッケは鮮度が落ちやすい。本州などで広く流通しているのは開いて干したものばかりで、生はそうそう手に入らないと聞いている。そもそもこの時期のホッケは『春ボッケ』と呼ばれ、産卵後にエサを求めて岸へと近寄ってくるものだ。お蔭で道内なら磯釣りでも、堤防辺りからでも釣ることができる。

もしかして、イチイさんは北海道の人ではないだろうか。

これまでの投稿でイチイさんが出身地や現在地を明かしたことはない。彼ないし彼女のコメントはいつも簡素で一日一文程度だったし、俺が以前したようにリプライを送られても返信することはなかった。だから気にしたことはなかったのだが、イチイさんが道民だとするとちょっと嬉しい。

ささやかなことではあるが『北海道在住』という共通項が持てた。これまで文字とお弁当の写真でしか知らなかった相手に、にわかに輪郭が生じたような気がする。イチイさんはこの北海道にいて、俺と同じ空気を吸っているのだと――もっとも北海道は広い。渡島《おしま》か桧山《ひやま》か石狩《いしかり》か、あるいはもっと遠くかもしれないから、同じ空気と言い切るのは尚早だろう。

『次は深堀町、深堀町』

聞き慣れた女性のアナウンスが流れ、はっとして慌てて降車ボタンを押す。電車を降り、歩道へと無事に渡りついた後でもう一度スマホを見た。

俺も今夜はホッケにしよう。ムニエルなんて初めて作るが、イチイさんレシピならきっと大丈夫だ。

気がつけば、家のキッチンに立つのが当たり前になっている。

その話を両親にすると、二人揃って驚いていた。俺が料理を日課にするなんて夢にも思わなかったらしい。お盆に帰ってきた際は食べさせて欲しいと言っていたので、それまでに一層腕を上げておきたいものだ。

スーパーで買ってきたホッケの三枚おろしから小骨と皮を取り除く。皮模様は灰茶褐色の美しいグラデーションで、これが北海道で獲れる真ホッケの証《あかし》だ。それをきれいに剝がしたら塩を振り、魚の水分を抜く下拵《したごしら》えをする。滲んできた水分をキッチンペーパーで拭き取ったらホッケの身を食べやすい大きさに切った。今夜の分は大きめに、お弁当に入れる分は一口サイズに切っておく。

ムニエルとはフランス料理だそうで、魚の切り身に小麦粉をまぶしてバターで焼く料理だ。本場の味つけはレモン汁らしいが、お弁当のおかずならしっかり目の味にしておきたいということで、イチイさんのチョイスはカレー味だ。カレー粉と小麦粉をポリ袋の中で混ぜ合わせたら、そこにホッケの切り身を入れて軽く振る。こうすることで均等に粉をまぶせるらしい。

そこまでやったら、卵焼き器を火に掛ける。

卵焼き器でバターを滑らすように溶かすと、もういい匂いがしてきた。十分に溶けてふつふつと泡立ち、色が変わってきた辺りでホッケの切り身を並べて置く。じゅうじゅうとバターがホッケを焦がす音が響いて、やっぱりキッチンにはこの音だと思った。

この家に一人で暮らし始めてから、毎日静かで仕方ない。テレビはないし音楽を聴く趣味もなく、正直に言えば黙っているのが好きな方だ。だが両親が立てる音も決して嫌いではなかった。父が一喜《いっき》一憂《いちゆう》しながら見ていた野球中継の実況の声、母がよく見ていた古い映画の静かな話し声、何年経っても仲のいい両親が何か冗談を言って笑いあう声、そういったものが全部消えてしまったのは少し寂しかった。

今はここに俺しかいない。だからキッチンを賑やかにするのも、やはり俺の役目だ。

ムニエルにこんがり焼き目がついたらフライ返しでひっくり返し、裏面も焼く。じゅうじゅうと同じようにいい音と、カレー粉の食欲をそそる香りを立てながら、ムニエルは美味しそうな色に変わっていった。

ムニエルの付け合わせはイチイさんに倣《なら》い、アスパラのバター炒めとふかしイモにした。アスパラはホッケの身と一緒に焼いたし、ふかしイモは輪切りにして、卵焼き器に水を張って蒸かす。あとは味噌汁もつければ立派なディナーの出来上がりだ。

ちょうどご飯も炊き上がったので、夕飯にする。盛りつけを終えた茶碗、汁椀、皿をダイニングテーブルに並べたら、椅子に座って手を合わせた。

「いただきます」

カレームニエルはかりっかりに焼き上がっていて、一口目でざくっと音がするほどだ。それでいて身はほくほくと柔らかく、ほんのり甘い。真ホッケらしい上品な脂の乗り具合だ。カレー粉は火で炒めるだけで薫り高く、ぴりっと辛くバターの風味とも合う。そしてもちろん、ご飯との相性もばっちりだ。

バターで炒めたアスパラもジューシーで美味しかった。ただホッケと一緒に炒めたせいで若干カレー風味になってしまったのは反省点か。これはこれで美味しいのだが、お弁当に入れる分は改めて焼くことにしよう。

作り慣れてきたワカメの味噌汁を啜った時、テーブルの上に置いていたスマホが震えた。父からかなと覗いてみたら、開発課のグループチャットだった。

発信したのは中濱さんだ。

――ブリの甘露煮でザンギを作ってみました。ちょっと甘めですが美味しいです！

その下にはいい色に揚がったザンギが皿に盛りつけられた画像が添付されている。白地に黄色や青、灰色の水玉模様の皿だ。中濱さんは水玉が好きなのだろうか。

ブリの甘露煮ザンギは衣がざっくりしていて、片栗粉特有の白っぽさもある。一口嚙めばガリッといい音がしそうな、見るからに美味しそうだった。しかしブリのザンギは食べたことがないから、どんな味がするのか気になる。

俺がどう反応するか考えていると、先に別の返信があった。

——美味しそう！　これをつまみに一杯やりたいね。

加賀課長だ。

すぐに既読がついて、中濱さんは応じる。

——ありがとうございます。ついでに新商品向けの味つけも研究中なんです！　中濱さんは帰宅後も仕事に打ち込んでいるようだ。キッチンに立ち、ブリの甘露煮のアレンジを考えては作っている。その勤勉《きんべん》な姿勢は見習うべきだと思う。

——すごいすごい。けど退勤後くらいのんびりしたら？　私ももうビール飲んでるよ。

——課長は毎日飲んでるじゃないですか。私は毎日料理してるんです。

——家帰ったら課長じゃないもーん。ただの酒飲みだもーん。

——まあいいですけど。じゃあ明日持っていきますんで。

——やったね！　楽しみにしてる！

課長と中濱さんのやり取りは楽しそうで、職場のチャットというより友人同士のやり取りみたいだ。見ていてつい微笑ましくなる。

——家帰ったら仕事のことまで考えなくていーの。ゆっくり休みな。

――でも料理好きなんで。手が空いたらつい新商品のこと考えちゃうんです。

――あーそれダメダメ。社会人は仕事と休みのメリハリつけなきゃだよ。

――そういうものですかね。小野寺くんも今頃お子さんお風呂に入れてるだろうし、ほら既読も二件しかついてないじゃない？

そこでぴたりとチャットが止まり、二人は既読をつけているもう一人の開発課員の存在に気付いたようだ。俺としても黙っているのは盗み見みたいで落ち着かないので、割り込むことにする。

――中濱さんが作られたザンギを拝見しましたが、とても美味しそうですね。俺も新商品についてもっと真剣に考えてみることにいたします。

少し間があって、中濱さんが返信をくれた。

――草壁くんもありがとう！　明日持っていくから味見してね！

その直後、加賀課長もコメントを打つ。

――うちの若手は真面目な子ばっかりなんだから。さ、続きは明日にして二人ともちゃんと休んでね。これは課長命令です。

命令が下ったのでチャットはそこで打ち止めとなり、俺は夕飯の続きを食べ始めた。

いい上司に真面目な先輩、どうやら職場にはすこぶる恵まれたらしい。

ただやはり新商品については、退勤後も少し考えてしまう。一人最低一つはアイディアが欲しいと言われている。甘露煮に続くブリの缶詰を何にするか、何か思いつけたらいいのだが。


翌日、俺は社用車で湯の川へ向かっていた。

行き先は『小料理屋はたがみ』だ。お酒を出すお店だからか駐車場がないので、近くのコインパーキングに停めて歩いて向かう。あいにくの雨で傘を差さなければいけなかったが、春先ほど寒くないのは幸いだった。

道道83号線、市電の線路が走っている大きな通りの、湯の川温泉電停から海側へ一本入ったところにお店はある。木造平屋建ての趣ある店構えで、すりガラスの引き戸の上には斜めに張り出した庇《ひさし》があり、今日はまだ暖簾が掛けられていない。時刻は午前十一時前で、いくらなんでも小料理屋が開いているはずはなかった。

それにしても、いつ見ても雰囲気のある佇まいだ。壁面は簓子下見板《ささらこしたみいたば》張り、引き戸のすぐ真横にある窓は格子付きの出窓とまるで函館市内に何軒もある有形文化財の一つみたいだった。もちろんこの店はそこまで古くないのだろうが、雨に濡れた木の壁が黒く光沢を帯びて漆塗りのように見えるのが美しく、思わず溜息をついてしまう。

店の前にはオンコの木の植え込みもあり、雫《しずく》を落とす青々とした針葉に、子供の頃に実を食べて回ったことを思い出した。今は夏だから、あの赤くて柔らかい実は生《な》っていない。

降りしきる雨音をすり抜けて、微かに市電の走る音が聞こえてきた。それ以外は全く静かな空気の中、俺は店の引き戸を開ける。

「失礼いたします」

開けた瞬間、炊き立てのご飯と何かとても美味しそうなものの匂いがした。暖かい光が照らす店内で、播上さんはカウンター前で長方形の小さな箱を組み立てている最中のようだ。俺に気付くと振り向いて、穏やかに会釈をする。

「いらっしゃいませ。お待ちしておりました、草壁さん」

「お時間をいただきありがとうございます」

俺も頭を下げて返した。

播上さんにはブリの甘露煮のアレンジメニューについて、わざわざ時間を作ってもらってまで協力してもらうことになっている。こちらからは甘露煮以外にお渡しできるものがないにもかかわらずだから、本当にありがたくも申し訳ない。必ずこのお店で打ち上げをしなくては。

「いえ、地元に貢献できたら嬉しいですから」

快く言ってくださった播上さんは、手にしていた平たい箱をカウンターの端へ避《よ》ける。何気なくそれに目を向けると、続けて言った。

「ランチの時間帯にお弁当販売をしているんです。これはその箱で」

だから店の中に入った時、いい匂いがしたのか。そういえば以前、中濱さんと一緒にここへ来た時もそうだった。

「お弁当ですか、素敵ですね」

昼休憩前のアポイントメントということもあり、俄然お腹が空いてくる。こういうお店のお弁当がどのようなものなのか、想像がつかないだけに興味もあった。

俺の表情を見てか、播上さんは少し笑う。

「よろしければ草壁さんもお一ついかがですか？」

それは非常に魅力的なお誘いだったが、残念ながら、誠に遺憾《いかん》ながら断らなければならなかった。胃袋の抗議の声を聞きつつ、苦渋の思いで答える。

「買って帰りたいのはやまやまなのですが、昼食はもう用意がありまして……」

「そうでしたか。ではまたの機会に是非」

「弁当を作ってきていなければ購入したのですが……とても残念です……」

昨夜作ったホッケのカレームニエルをお弁当に持ってきていた。もちろんあれも大変美味しくできていたし昼の楽しみではある。だが『小料理屋さんのお弁当』という響きにもまた心惹かれるものがあり、店内に漂う美味しそうな匂いのせいもあり、自作のお弁当には悪いが惜しいと思ってしまったのも事実だ。

「草壁さんもお弁当を作られるんですね」

そこで播上さんが、興味深そうに眼を見開いた。

本職の方の前で言うのも恥ずかしかったが、正直に答える。

「職場周辺だと外食も買ってくるのも難しいため、持っていくようになりました」

「山谷水産さんって、確か漁火通り沿いですよね？」

「ええ。宇賀浦なんですが、駅から近く宿泊施設もあるということで、観光シーズンには飲食店もコンビニもお客さんでいっぱいなんです」

俺はそれを、この五月で既に目《ま》の当たりにしてきた。取引先回りで外へ出れば漁火通りには道内ナンバーではない車が多数走っている。『わ』ナンバーの車もよく見かけた。コンビニの駐車場が満杯になっているのも見てきた後だから、お弁当を作る習慣を身につけたことは正しかったと実感している。

恐らくここ湯の川温泉辺りでも同じことが言えるのだろう。播上さんはよくわかるというように頷いた。

「あの辺りもそうでしょうね。これから夏休みになれば一層ですよ」

「ですよね……上司に言われて、慌ててお弁当作りを始めたものでして。料理が得意なわけではないので、どうにか続けているというレベルです」

それでも続いていること自体、今までの俺からすれば格段の進歩だ。外食の方が効率がいいと思っていた頃が懐かしい。

タイミングよく、播上さんもどこか懐かしそうに目を細めた。俺の胸の内を読んだというわけではもちろんなかったようだ。

「私も昔は会社勤めをしていたんです。その時はやっぱり毎日お弁当を持っていきましたよ」

「えっ、播上さんもですか？」

今は作務衣をぱりっと着こなしている播上さんが会社勤めをしている姿は、正直想像がつかなかった。どんな業種かはわからないが、いわゆる脱サラをしたということだろうか。

「お料理が得意だから小料理屋になられたんですか？」

俺の問いには少しだけ考えてからこう答えていた。

「そうですね。昔から料理をすることは好きだったので、生業にできたらと考えるようになりまして」

「へえ……梅檀《せんだん》は双葉《ふたば》より芳《かんば》しというやつですね」

「いや、滅相もない。そこまでではないですよ」

播上さんは謙遜《けんそん》していたが、好きなことを仕事にできるというのは羨ましいし、素晴らしいと思う。

もしも俺が同じように『好き』を生業にするとしたら——釣りで生計を立てられたらいいのだが、残念ながら上手いわけではないから無理かもしれない。あとはせいぜい日々釣り糸を垂らし、どこかの王様が軍師としてスカウトをしに来るのを待つくらいしか思い浮かばなかった。世はそれを無職と呼ぶだろう。

俺の話はいいとして、

「毎日お弁当を持っていくために、何かコツなどありますか？」

偉大なる先達に尋ねてみたら、播上さんはまたしても考え込んだ後に答えてくれた。

「無理をしないこと、ですかね。手を抜きたい日には抜き、給料日前にはありもので作る。その分、余裕がある時には常備菜を作り置きしたり、手の込んだものを作ったりして、自分と相談しながら続けていくのがいいと思います」

「勉強になります」

常備菜は俺も最近取り組み始めていた折だ。まだレパートリーは全然少ないのだが、疲れの抜けていない朝には助かる存在だった。これからもっと増やしていけたらと思う。

「それと……」

なぜか言いよどんだ播上さんが、はにかみながら続けた。

「もしいたら、お弁当仲間を作ると続けやすいかもしれませんよ。一人では挫《くじ》けそうな時も、分かち合う相手がいれば乗り越えられることもあります」

「それでしたら、なんとかなりそうです」

幸い、開発課の皆さんは全員お弁当仲間である。元々みんなに勧められて作り始めたのもあり、時々俺のお弁当を見に来てはこぞって褒めてくれるのが嬉しかった。

「頑張ってください、草壁さん」

播上さんは微笑むと、カウンターの奥へと向かう。そこにある業務用の冷蔵庫を開けながら続けた。

「実は最近、家族用のお弁当をまた作り始めたんです。だから草壁さんの状況が余計に懐かしくて……まあ、その話は置いておいて」

冷蔵庫から取り出されたのは半透明のタッパーだ。蓋を開け見せてもらうと、中には焼き目のついた白いソースがたっぷり掛けられている。

「こちらがお話ししていた甘露煮のアレンジメニュー、ブリの甘露煮ラザニアです」

「ラザニアですか？」

その発想はなかった。驚く俺に播上さんは嬉しそうな顔をする。

「ええ。甘露煮はやはりそれ自体の味が強いので、マイルドなベシャメルソースと合わせるのはどうかと思ったんです。幸いよく合いましたよ。よければ一口どうぞ」

「いただきます」

勧められたので、いただいてみた。

一口目でまず驚く。もったりとしたソースと濃厚なチーズ、薄いパスタのようなラザニアと、味の染みたブリの甘露煮は意外にもよく合うようだ。甘露煮の甘じょっぱさを優しい味のソースが中和してくれ、逆にホワイトソース自体を甘露煮が引き立ててくれていた。ブリの身はラザニアの具としても食べ応えがあり、チーズの濃厚さもあって全く違和感のない洋食へと変貌している。これで焼き立てだったら最高だっただろう。

「すごい……とても美味しいですね、甘露煮ラザニア」

もちろん素《もと》のソースの味つけや焼き加減が絶妙というのもあるだろうが、ご家庭でも作れそうなレシピであることに俺は感銘を受けていた。

俺の反応を見て、播上さんが安堵の表情を見せる。

「そう言っていただけてよかったです。いろいろ試行錯誤したんですよ、炊き込みご飯にしてみたり根菜類と煮物にしてみたり、カポナータにしてみたり……それも美味しくはできたのですが、ホワイトソースと一番相性がよかったので」

お店の方も忙しいのにずいぶんと手間を掛けてくださったようだ。よかったらお持ちくださいとラザニアを包んでくれたので、俺は改めて深く頭を下げた。

「ありがとうございます。播上さんのお蔭でブリの甘露煮の普及もはかどりそうです」

「お役に立てて何よりです。また何かあればお声掛けください」

「新商品の試食会が無事に終わりましたら『小料理屋はたがみ』さんで打ち上げをいたしますので！」

「ああ、それは是非。皆さんでいらしてください」

播上さんは表情を綻ばせた後、帰り際の俺にお弁当作りのコツまで教えてくださった。俺でも作れそうな常備菜の作り方をいくつか説明してくれて、俺は大収穫で帰途に就く。

外に出れば雨はいよいよ本降りとなっていたが、気分はむしろ最高だった。雨粒に震えるオンコの生け垣をくぐり、水浸しの道を駐車場へと急いだ。

帰社の道中、雨脚はどんどん強くなっていく。山谷水産の駐車場に車を停め、社屋に入るまでの間にも傘が必要なくらいだった。

俺が開発課へ戻ると、デスクに向かっていた中濱さんが驚きの声を上げる。

「お帰り――わっ、草壁くんずぶ濡れだよ！」

「思ったより酷くなりまして……」

播上さんにいただいたラザニアや自分のカバンを濡らしたくなくて、守るように傘を差すのが精一杯だった。言われて見ればスーツの左肩は色が変わるほど雨を浴びていたし、スラックスの裾もびしょびしょだ。

「まだ寒いから濡れたままだと風邪引くよ」

中濱さんがハンカチを取り出し、爪先立ちになって俺の肩を拭いてくれる。一瞬遅れて、俺は慌てて断った。

「ハンカチ汚れてしまいますから。乾くまで干しておくことにします」

「その方がいいかもね」

頷く中濱さんに続き、加賀課長がデスクの下から小型の電気ヒーターを出してくる。

「ほら草壁くん、これでズボンだけでも乾かしな」

そちらはありがたく借りることにした。ちょうど昼食時なので会議テーブルの下でヒーターを点け、水も滴るスラックスの裾を乾かす。温かいコーヒーを淹《い》れてもらって一口飲むと、ようやく人心地つくことができた。

「こんな天気の日に外回りなんて大変だったね」

小野寺さんが同情的な目を向けてきたので、俺は苦笑で応じる。

「予想以上の降りでした。ですが収穫はあったので行ってよかったです」

それからスーツの代わりに守り抜いた手土産を取り出した。半透明のタッパーを卓上に置くと、三人が各々《おのおの》覗き込んでくる。

「これは何？」

「『小料理屋はたがみ』さんに作っていただいた、ブリの甘露煮ラザニアです」

「ラザニア⁉」

改めて見るとタッパーの側面からは地層のような縞模様がわかる。ブリの甘露煮、ラザニア、白いベシャメルソース、そしてチーズを何層にも重ねているのが美しい。

「その発想はなかった！」

感嘆の声を上げる中濱さんが俺に尋ねた。

「やっぱり美味しかった？」

「ええ、とても。皆さんも是非」

そのつもりで持ち帰ってきたのだ。この感動を開発課で共有したかった。

俺も含めて全員がお弁当を持参してはいたが、お店屋さんのラザニアの魅力には敵《かな》わない。全員が真っ先にラザニアを取り分け、そして次々に口へ運んだ。

「えー、美味しい！」

破顔する加賀課長に、小野寺さんも頷く。

「甘露煮でラザニアって発想がなかったですよね。しかもちゃんと合う！」

「洋食アレンジは盲点だったね。ソース自体もすごく美味しいし」

ブリの甘露煮は濃いめの味つけでそれ単体でもご飯のおかずとして有能だが、販売するに当たってはそこがネックでもあった。それをカバーする一つの方法がベシャメルソースというわけだ。

「全然思いつかなかったです。本職のアイディアは違うな……」

中濱さんは悔しそうに唸っていたが、彼女が作ってきた甘露煮ザンギも美味しかった。揚げてから時間を経た衣はしっとり柔らかく、噛むとくにゃっとしているのが楽しい。ブリの身と油の相性もいいし、甘露煮の味がちょうどいい下味になっている。播上さんの料理はもちろんお上手だったが、中濱さんだって素晴らしい出来栄えだ。揚げ立ても是非食べてみたかった。

「このザンギも美味しいですよ。中濱さんのアイディアだってよかったと思います」

俺が思わずそう言うと、中濱さんは少し恥ずかしそうに目を伏せる。

「ありがとう。作ってみてよかった」

「草壁くんの言う通り、美味しくできてるよ」

加賀課長も称賛した後、諭《さと》すように続けた。

「それに向こうは料理のプロ、こっちは商品開発のプロだからね」

俺はまだプロと言えるほど業務には携われていないが、次の新商品で開発に関わることになっている。この先の未来で社会人生活を振り返った時、そのスタートを飾った仕事がなんだったか、ずっと思い出すことになるだろう。そんな最初の仕事を、地元の漁業振興とも合わせて関われるのが幸せだった。

だからこそ、いい商品を作り出したい。

「次は甘露煮の反省点を活かした商品にしたいね」

試食も兼ねた昼食の時間は、そのまま新商品開発会議の時間にもなった。みんなでお弁当を食べつつ、新商品に適したブリの調理法を出し合う。俺も昨夜作ったホッケのカレームニエルを味わいながら、アイディア出しに参加した。

「カレー味はどうですか？」

ホッケの身とカレー味はぴったりで、ご飯の進む味つけに仕上がっている。ブリは赤身の魚だが、脂の乗りならホッケにも引けを取らない。間違いなくカレーに合うだろう。

「なるほど、ブリカレーね。美味しそう」

小野寺さんは興味深そうにしていたが、加賀課長は眉間に皺を寄せた。

「アイディアとしてはすごくいいんだけど、カレーも味が強いからね。甘露煮と一緒で、それだけになっちゃう可能性あるなら惜しいかな」

「アレンジメニューとしてはナンやご飯と合わせたり、炊き込んでビリヤニにしたり……いろいろありますけどね」

中濱さんも援護射撃をしてくれたものの、課長には揺るがしがたい考えがあるようだ。

「もっと幅広くいろんな献立に使えるフレーバーじゃないといけないと思うんだ。新商品として売れるものでもあるべきだけど、それ以上にブリの流通拡大にも貢献できる商品にしないとだからね。もっとシンプルかつ応用が利くものにしたい」

シンプルで応用が利く味つけというと、それこそ塩、砂糖、醤油――しかしそれらの缶詰に商品としての魅力があるかと考えると微妙なところだろう。そのくらいならブリの水煮缶でもいいわけで、わざわざ売り出すほどでもない。

つまり、わざわざ売り出す程度には家庭で作りにくく、しかしアレンジがなるべく幅広くできる味つけであるべきなのだろう。

「そう考えると難しいですね……」

四人全員が箸を止め、しばらくじっと考え込んだ。

行き詰まった感があるので、別角度から練り直してみる。これまで俺も缶詰で料理を作ったことがあったが、その時のアレンジはそぼろ、『さ』巻き、炊き込みご飯といったふうに元々の味つけを活かしたメニューだった。同じようにご飯にも合い、魚単体の旨味も生かし、他の食材と合わせても美味しいブリの缶詰とは、例えばどんなものだろう。

ふと、テーブルの上に置かれた空っぽのタッパーに目が留まる。

播上さんは甘露煮でラザニアを作り、中濱さんはザンギを作った。

「洋食にも、和食にでも使えるフレーバーでどうでしょうか」

思いついたことをそのまま口にしてみる。

開発課一同の視線が、一斉に俺へと向けられた。在籍一ヶ月も過ぎれば臆《おく》する必要も緊張する必要もなく、思ったことを言える。

「播上さんと中濱さんのアレンジメニューを見て考えたんです。シンプルな味つけにするのではなく、アレンジ前提で『こんなメニューも作れます』という推し方をするのはどうでしょうか。洋食も和食も作れますと言われたら、料理をする人にとってとても魅力的に感じられるのではないかと」

少なくとも俺なら、そんな缶詰は是非欲しい。思えばまだブリを自分で調理して食べたことがなかった。

「なるほどね、いいかも」

加賀課長は思案するように視線を彷徨《さまよ》わせた後、俺に向き直る。

「それで草壁くんなら、どんな味で洋食と和食作れそうだと思う？」

「そうですね……」

普段の料理もイチイさんに頼りっぱなしの俺にとって、それはなかなか難しい質問だった。和食は醤油、洋食は塩やカレー粉と使い分けることが多く、どちらにも活かせる調味料は全く思い浮かばない。

それでも何か捻《ひね》り出せないかと、俺が再び考え込んだ時だ。

「……コンソメ味はどうでしょうか」

不意に、中濱さんが口を開いた。

言葉にした途端、アイディアが湧き出てきたかのように提案を始める。

「コンソメなら洋食でも和食でも使えます。私、醤油ラーメンをコンソメで作ったことがあるんです。野菜と煮込んでスープや煮物にもできますし、醤油やバター、ショウガなんかとも合わせても違和感ないです。トマト缶と合わせたらトマト煮やミネストローネも作れますよね。ご飯と炊き込めばピラフにも、パエリアにもできます。アレンジメニューも味変もしやすいのがコンソメの魅力だと思うんです」

それで小野寺さんも思い出したように言った。

「そういえばうちはカレーの隠し味がコンソメだ。ブリカレーにもできるね」

コンソメとはそんなにも無限の可能性を秘めているのか。確かにうちの母もコンソメは常備していたが、引っ越しの際にやはり持って行ったので現在我が家には在庫がない。せっかくなので今日の帰りに買ってみようと思う。

閑話休題《かんわきゅうだい》、加賀課長は深く溜息をついた。

「いいかもしれない。中濱さん、ナイスアイディア」

「いえ、草壁くんの提案があっての思いつきですから」

中濱さんははにかみながら俺にも花を持たせてくれたが、さすが料理が好きだと公言するだけある。短時間でこれだけアレンジメニューを閃《ひらめ》けるのだからすごい人だ。

「それに播上さんのご協力もありましたし。このラザニアは私には到底思い浮かびませんでした」

「そこはさすがプロだよねえ」

確かに、播上さんの甘露煮ラザニアが一石を投じたことも事実だった。俺などはどうしても元の味つけにこだわってしまって、あえて違うジャンルの料理にしようと考えることもない。だが本当に料理が上手い人とは、そこを柔軟に考えられる人のことなのかもしれなかった。

だとすると、あれほど頻繁にお弁当を作り、誰かのためにレシピも載せているイチイさんはプロなのだろうか。中濱さんのように料理が好きな人には間違いないのだろうが、仕事にしているのかどうかはわからない。それも含めて個人的なことを一切書かない人だからだ。

そういえば播上さんも、今はご家族のためにお弁当を作ると言っていたが――。

「草壁くん、なしたの？　ぼんやりして」

加賀課長が怪訝そうに俺を見る。我に返って、とりあえず首を横に振った。

「すみません、少し考え事を」

そこから開発課はまた新商品について議論を始め、この日の昼休みはブリのコンソメ煮についてまさしく煮詰まったようだ。

しかし一方で俺の頭の片隅には、全くジャンルの違うあるひらめきが根づいてしまっていた。

播上さんのお店の前にある生垣の――オンコの木は、正しくは『イチイ』の木という。

もしかするとイチイさんとは、播上さんのことではないだろうか。

4、北海シマエビのエビマヨと味噌汁

山谷水産には新商品開発のためのテストキッチンが存在している。

入社初日に案内してもらった通り、清潔できれいなステンレス製のキッチンに各種調理器具やレトルト食品を作るための真空包装機、缶詰を作る時にも使用する高圧殺菌釜などが所狭《ところせま》しと置かれていた。

当然だがここに入る際には入念な消毒が必要だ。靴はキッチン内でのみ着用するゴム長に履き替え、不織布《ふしょくふ》の白衣とヘアキャップを身に着ける。頭髪は全てヘアキャップの中に収めてしまわなければいけないので、中濱さんも加賀課長もそれほど髪を伸ばしていないらしい。

「髪しまう時に面倒だからね」

そう言いながらヘアキャップを被る中濱さんの手つきは慣れていた。

ちなみにこのヘアキャップには『でんでん帽《ぼう》』という通称もある。俺がそれを知ったのは大学の実習中でのことだったが、なぜでんでん帽なのかと言えば被った姿がカタツムリに似ているからだと教授は言っていた。

「あ、それ私も聞いた。でも別に似てないよね？」

「似てないですね」

カタツムリには長い触角があり、先端には目がある。しかしでんでん帽には触角はなく、頭部をふんわり丸く覆っていた。俺も大学時代から何度か被っているが、カタツムリが由来だというのは未だに納得がいかない説だ。

「でも他に『でんでん』の付くものなんて、太鼓くらいしか浮かばないな」

中濱さんが小さな唇を尖らせる。ヘアキャップに髪を全てしまっても、中濱さんの顔はいつもと変わらない。すっかり見慣れたその横顔に、近頃は安心感すら覚えるようになっていた。

マスクを着け、消毒を終えて入室する。

これも事前に言われていた通り、テストキッチンは開発課全員が入るのが精一杯の広さだった。しかしこれだけたくさんの器具があれば仕方あるまい。ここでは調理だけでなく、レトルト食品や缶詰が完成するまでの工程を一通りこなせなくてはならないからだ。

「製品と同じ状態にしないと、製品の味まではわからないからねえ」

加賀課長が目元だけで『大事なことだ』と訴えてくる。

「加熱殺菌処理すると味や食感が変わる食品もあるから、最終的には詰めてみないと駄目なのよ。大変でしょ、グルメ開発ってのも」

俺も大学では缶詰製造の実習を受けたことがあった。その時はサバの水煮缶を作るために前処理のカットから塩漬にする際の食塩水濃度の計測はもちろんのこと、缶への充塡《じゅうてん》、密閉、加熱処理までの一連の工程を全て学生たちで行っている。海洋資源がどのようにして缶詰となり食卓へ上るのか、実際に製造した上で学んだ。当時作ったサバ缶はその後、学園祭で販売されている。

山谷水産においても工程自体は同じだった。もっともこちらのテストキッチンには大学にあったものよりも小さな高圧殺菌釜しかない。研究開発用だからごく少ない容積しか必要とせず、本物の製品はあくまでも製造課が加工場で作るということだ。そして販売するのも俺たちではなく、営業課の人たちだ。

「開発課の仕事って、要はアイディアを美味しい形にする仕事なわけ」

課長のお言葉に、俺はこれから作る『ブリのコンソメ煮缶』について思いを馳せた。俺たちが作った缶詰は学生時代の実習と違い、あくまで試作品としか扱われないため、市場に出回るわけではない。それでも自分が携わった製品と思えば完成すれば嬉しいだろうし、スーパーなどで偶然見かけた時には達成感を覚えるはずだ。

そして俺たちはこれから、アイディアを形にする工程に挑む。

今回は地元で獲れたブリを捌《さば》くところから始めた。四人で手分けをして三枚おろしにした後、缶詰に合わせたサイズに切り分け、臭みを取るためにザルに入れてから一度さっと熱湯をかける。赤かったブリの身がまるで霜が降りたように白くなるので、この工程を『霜降り』と呼ぶそうだ。

全ての切り身をまんべんなく霜降りにしたら、調理に入る。鍋にお湯を煮立たせコンソメを溶かし、ブリの身を入れたら落とし蓋をしてじっくり弱火で煮込んだ。今回は試作ということでスープにローリエを加えた鍋、柔らかく似た香味野菜を加えた鍋、白ワインを足した鍋なども用意した。全ての味を見た上で、製品として売り出すことができるのは一種類だけだ。

火が通ったブリの身を一口サイズに切り分け、試食トレイに載せる。爪楊枝を刺した味違いのブリ一口分を各々食べて、どれがいいか感想を述べることになっていた。

「コンソメだけでも美味しいですね。よく味が染みていて」

中濱さんの言う通り、コンソメだけで煮たブリはいい味つけだ。赤身のブリには淡白な白身魚とはまた違う濃厚な旨味があり、スープにダシが染み出していてより美味しくなっている。脂の乗りもよく、コンソメの塩加減とよく合った。

しかし隠し味を加えたものも、それはそれで美味しくできている。

「やっぱ煮込みにはローリエだ。格段に風味がいい」

小野寺さんも絶賛していたが、ローリエを加えたブリの身は爽やかな、それでいてスパイシーな香りが漂っていた。コンソメスープ自体も薫り高いものに仕上がっていて、高級レストランみたいな味わいだ。

「香味野菜も悪くないんだよね、大分味変わるけど」

加賀課長が唸ったのは、純粋に美味しかったからだろう。柔らかく煮込んだセロリや玉ねぎを加えたことで、味に奥行きが出たようだ。香味野菜の香りはコンソメスープによく合うし、とろけるまで煮込んだ野菜は甘く、コンソメ味の中のいいアクセントにもなる。

そして最後が白ワイン入りだが、これも美味しかった。ワインの酸味のお蔭か、スープの味にぐっと締まりが出たように思うし、コクもある。ローリエを加えた時も思ったが、少し何かを足すだけでスープの味に深みが増すから面白い。料理はまだまだ知らないことだらけだ。

「草壁くんはどれがよかった？」

しかし加賀課長の問いには、正直に答えるしかなかった。

「どれも美味しいです……」

「いやわかる、わかるよ」

課長は何度も頷いてみせる。

美味しさという点ではまさしく甲乙つけがたい。最初に食べたコンソメのみの煮込みもよかったし、そこに何か加えれば風味が変わってまた別のよさがある。この中から一つだけしか選べず、残りの三つは不採用というのも酷な話だ。

「大丈夫。いつも試作ってこんな感じで難航するから」

中濱さんが励ましの口調で言ってくれた。

しかしここでなんの意見もないというのも開発課員としてどうかと思う。俺はもうしばらく考えた後、どうにか答えを絞り出す。

「強いて言うなら、ローリエ入りがよかったように思います」

「なるほどね。理由もあったら言ってみて」

「高級レストランのような味がしたからです」

素直に答えたら中濱さんはまた噴き出しかけていたが、さすがにキッチン内で笑い転げるのはよくないと思ったのだろう。目元を真っ赤にしながら必死に堪えていて、逆に申し訳なかった。

ともあれテストキッチンでの試作が一日で無事に終わることはそうそうないらしい。長い時には三、四日ほど掛けて一つの商品を精査する場合もあったそうだ。実際、生きている以上はテストキッチンにこもりきりというわけにもいかない。途中で休憩も挟まなくてはならないし、試食はしすぎると味がわかりづらくなるものだ。時には一日置いてから味を見ることもあるそうで、実際『ブリのコンソメ煮』の試作も二日目まで持ち越すことになった。

翌日に改めて試食をした結果、美味しさ、アレンジのしやすさ、そして原材料費などの観点からローリエを加えたものが採用されることになった。そこから缶への充填、真空巻締機による二重巻締、加圧加熱殺菌を経て試作品が完成だ。

完成後は社内でも試食会を行い、上層部のゴーサインが出て初めて製造開始となった。

そこに至るまでに、季節は完全に夏へと移行していた。

「……皆さん、とても熱心に書いてくださるんですね」

試食会の後で貰ったアンケート結果を表計算ソフトにまとめつつ、俺は思わず唸る。

ブリのコンソメ煮を従業員に食べてもらった際にアンケート記入をお願いしていた。配った紙面にはどれも丁寧な意見がしたためられており、味つけはもちろん香りや食べやすさ、後味まで細かく書いてくれる人ばかりだ。アンケートに目を通す度、山谷水産社内での、新商品に対する関心の高さがひしひしと実感できた。

「うちは魚の目利きばかりだからね」

加賀課長は得意げに指を振りながら語る。

「普段から魚取り扱ってる人たちだし、魚食べさせたらそれはもうプロ級だよ」

「なるほど」

その言葉通り、アンケートにはブリに対する熱い想いも並んでいた。『ブリは洋風の味つけも合うんだと知り驚いた』『青魚は健康にもいいので美味しく食べられるのは嬉しい』『自分で調理した時はパサついてしまったので、缶詰になると楽でいい』などなど、函館でも獲れ始めたブリについても注目している人が多いようだ。この缶詰が食材として使い勝手のいい存在に仕上がれば、ヒット商品になれるだろうと開発課でも期待は高まっていた。

もっとも、社内アンケートには魚のプロゆえの問題点もあると課長は言う。

「やっぱり魚好きな人の意見になっちゃうんだわ。好意的な回答ばかりくれるのはもちろんありがたいんだけど、前回の甘露煮も社内アンケートでは絶賛ばかりだったんだから」

水産加工会社で働く人はたいていが魚好きで、普段からよく食べることが多いようだ。当然、元から好きなものを美味しく加工したらそれだけで高く評価してもらえる。しかし商品として売り出す場合、普段は魚を食べないという人や自分で調理するのは億劫《おっくう》だという人、そしてブリの食べ方がわからないという人たちの心を摑まなくてはならない。

「だから来月、港まつりで試食会やるの。今度はもっと大規模に、老若男女から幅広く忌憚《きたん》のない意見を集めたいからさ」

加賀課長が張り切ってみせると、小野寺さんがちらりと卓上カレンダーに目をやる。

「もう一ヶ月ないんですよね。ここからは準備でも忙しくなるなあ」

「そうそう、法被《はっぴ》もクリーニングに出しておかないとね」

法被とはなんだろう。疑問に思っていれば、中濱さんが少しだけ憂鬱そうに教えてくれた。

「うちの社名入りの法被があるの。黄色くて派手なやつでね、夏場に着ると暑いんだよね……」

しかしイベント事では宣伝も兼ねて、その法被を着るのが決まりとなっているそうだ。中濱さんの口ぶりから察するに相当な派手さと見えるが、果たして俺に上手く着こなせるだろうか。

もっとも加賀課長は、俺とは違う点が心配らしい。やきもきした様子で言った。

「ブリのコンソメ煮、美味しいって言ってもらえるといいんだけど。あれだけ試行錯誤したんだから人気者になって欲しいわ」

開発課一同で納得のいくものに仕上げた自負はあるが、やはり実際に消費者の皆さんがどんな感想を抱くかは非常に気になるところだ。美味しさだけではなく調理における使い勝手のよさ、そしてブリという魚の魅力そのものも伝わればいいのだが、果たしてどんな結果が出るだろう。

「俺としては魚のプロの皆さんを信じます」

心からそう思い、俺は断言した。

「魚を愛し、知り尽くした人たちが太鼓判を押した商品ならきっと間違いないはずです」

「そうだよねえ。うちの売りはそこだから——」

加賀課長は頷きかけて、急にぱちんと両手を合わせる。

「あ、魚のプロで思い出した！　社割のシマエビ届いたって！」

「え？」

不意打ちだったもので、課長の言葉が全部知らない単語に聞こえた。困惑する俺をよそに、小野寺さんと中濱さんは揃って表情を輝かせる。

「楽しみにしていたんですよ。獲れたんですね、ありがたいなあ」

「私も今年は頼んでたので、早速美味しくいただきます！」

そして訳のわからない俺に、加賀課長が説明してくれた。

「うちって水産品の社割——社員割引をやってるんだ。加工品でも冷凍品でも従業員なら安く買えるんだけど、シマエビは季節限られてるから注文期間も短くてさ」

シマエビとは、正しくはホッカイエビという名前だ。やや緑がかった体色に縞《しま》模様のあるエビで、その名の通り北海道の海に生息している。漁期が短く、また資源保護のために漁業規制もされているほど貴重なエビだ。茹《ゆ》でると真っ赤になるエビの身は、殻を剥いてかぶりつくと甘くて濃厚な味わいだった。うちの両親はこれをつまみにビールを飲むのが好きだし、残った頭を味噌汁にしてもらうのも美味しい。

「そうだ、草壁くんにも言おう言おうと思ってうっかりしてたよ。シマエビ好きだった？」

加賀課長が申し訳なさそうに尋ねてきたので、迷ったが正直に答える。

「はい。また来年注文しようと思います」

「あら、好きなんだ。そりゃ悪いことしたね」

「来年の楽しみができました」

俺は気にしていないつもりで言ったのだが、むしろ加賀課長の方が気にしているようだ。渋い顔で少し黙った後、ひらめいた様子で指を立てる。

「じゃあこうしよう。私が頼んだうちの一箱、草壁くんに分けてあげるよ。ちょっと早めのボーナスだ！」

「えっ、いいんですか？」

思いがけない提案に聞き返せば、課長は満面の笑みで応じた。

「ここのところずっとテストキッチンにこもりっきりだったもんね。新人さんなのによく頑張ってたし、ご褒美の一つもないとやってられないっしょ？」

正直に言えばテストキッチンでの試作も大学で既にやってきたことであり、個人的には楽しい仕事だった。コンソメ煮の試食を繰り返したことは大変といえば大変だったが、缶詰が完成しようとしている今、苦労したという記憶を塗りつぶすほど達成感の方が強い。

つまり俺はほとんど労せず新人の特権としてシマエビを手に入れてしまうことになる。ありがたいことこの上ない話だ。

「ありがとうございます。今後も粉骨砕身、山谷水産のために尽力いたします」

感謝を伝えるべく頭を下げれば、傍で中濱さんが唸るのが聞こえた。

「すごい、これが加賀課長の人心掌握術……！」

「ちょっと大げさすぎない？　シマエビ一箱で釣れちゃうとかさ」

それで加賀課長は笑い、小野寺さんが感心したように続ける。

「これがエビでタイを釣るってことですかね」

「そんな、タイのような高級魚に喩えていただくのはもったいないです」

「もったいない……タイだけにってこと？」

自分でそう尋ねておいて、中濱さんが声を上げて笑い出した。この通り忙しい時期であろうと、開発課の空気は常に和やかで、平和である。

「シマエビは製造課の冷凍庫の中に入ってるからね。『加賀』ってマジックで名前書いてあるから、帰りに忘れず持って帰って」

そう言い残し、加賀課長は定時に帰宅した。

そしてお子さんのお迎えがあるという小野寺さんも既に退勤している。二人とも帰り際にはシマエビ入りの発泡スチロールを抱え、どこか嬉しそうに家路に就いた。きっと今夜にでも食卓でシマエビを味わうのだろう。

現在、開発課には俺と中濱さんだけが残っていた。俺は社内試食会のアンケート結果を今日中にまとめてしまいたかったからであり、中濱さんは来《きた》る来月の港まつりに向け、関係各所へのメールを何通もしたためなければならなかったからだ。お互いにその業務はスムーズに進んでいたのだが、午後六時を回った辺りで文字通り暗雲が立ち込めた。

「草壁くん、見て。空が真っ暗」

中濱さんの言葉に窓の外を見やると、駐車場は夜更けのような薄闇に包まれている。七月ともなれば日没までにはまだ一時間以上もあるはずなのだが、空は分厚い黒雲に覆われていて夕陽がどの高さにあるかすら見えないほどだ。

「見るからに一雨来そうです」

「本当。困ったもんだね」

天気予報では夕方から雨だと言っていたので、今日は傘を持ってきている。とはいえ会社から電停まで、そして電車を降りてから家までは多少歩くため、できれば俺が帰るまで持って欲しいというのが本音だ。

しかしこちらの願いも空しく、遠くからではあるがゴロゴロと不穏な音が聞こえてきた。

「これは早く切り上げた方がよさそうじゃない？」

「そのようですね」

俺も中濱さんもパソコンを使用しているので、万が一雷が落ちたら非常に困る。幸いアンケートの集計は目途《めど》がついたので、ここで本日の業務を終了することに決めた。

パソコンをシャットダウンする俺に、少し早く帰り支度を済ませた中濱さんが声を掛けてくる。

「じゃあ、草壁くんのシマエビも取ってくるね」

そうだった。加賀課長から進呈されたシマエビは、確か製造課の冷凍庫にしまってある。

「ああ、ありがとうございます。助かります」

俺が頭を下げると、中濱さんは人懐っこく微笑んだ。

「どういたしまして。今のうちに帰る準備しておいてね」

言い残して彼女はドアを閉め、足音はすぐに聞こえなくなった。代わりにどこからかごうごうと唸るような風の音がし始めて、いよいよまずいなと帰り支度を再開する。午後六時過ぎともなれば、他の部署の社員もぼちぼち退勤したのだろう。風の音と、それに紛れて時々聞こえる雷鳴以外は至って静かな時間帯だった。ここにもうじき雨音が加わるであろうことは、どんより暗い空を見れば想像に難くない。さっさと家に帰り、停電になる前に夕飯を済ませてしまおうと決意する。

夕飯に思いを巡らせた時、ふと、先日から頭の片隅に巣食っている考えが頭をもたげた。

それはイチイさんが、あの『小料理屋はたがみ』の播上さんではないかというものだ。

今のところそれは単なる疑念に過ぎない。少し共通点があっただけで、間違いなくあの人だと確信が持てるような段階には至っていなかった。ただイチイさんが北海道の人であることは生ホッケの件からも明らかだろうし——それならもしかすれば、シマエビを使ったレシピもあるかもしれない。シマエビもやはり鮮度が落ちやすく、また漁獲量の少なさから道外ではほとんど食べられていないと聞いているからだ。

加賀課長によればシマエビは既にボイルしてあるそうなので、まずは解凍してそのまま食べることにしよう。せっかくなので味噌汁も作りたい。あとは、あるかもしれないイチイさんのレシピを見てから決めるとしようか。取り留めなくそんなことを考えながら、荷物を詰めたカバンを閉じた時だった。

ばたばたと慌てた足音が近づいてきたかと思うと、開発課のドアがいきなり開く。息を弾ませた中濱さんが、どこか強張った顔で飛び込んできた。

「どうしました？」

ただごとではない雰囲気を察して尋ねれば、中濱さんは急に気まずそうに乱れた前髪を直す。

「えっと……その、草壁くん、もう帰れる？」

「ええ」

あとは開発課の照明を消したらシマエビを携えて電車に乗るだけだ。

しかしそのシマエビを取りに行ったはずの中濱さんは、なぜか手ぶらだった。その手で髪を整え終えた彼女は、おずおずと続ける。

「ちょっと、頼みがあるんだけど……」

「なんでしょうか」

「つ、ついてきてくれない？　工場まで」

声は少し震えていたし、心なしか顔色も悪い。何かあったのだろうか。

「構いませんよ」

訝《いぶか》しく思いつつも頷けば、中濱さんはたちまち安堵と苦笑が入り混じった表情を見せた。

「ありがとう……あの、ごめんね。実はちょっと、怖くなっちゃって」

「怖い、ですか？」

意味が摑めず聞き返す。

すると彼女はぼそぼそと、消え入りそうな声で言った。

「笑わないで欲しいんだけど、なんか、お化けでも出そうな雰囲気で……」

もちろん俺は笑わない。ただ意外には思った。中濱さんに、怪奇現象を恐れる人というイメージはなかったからだ。

シマエビを引き取ったらすぐに帰れるよう、カバンは持っていくことにする。

開発課の照明を消すと、

「ひっ」

中濱さんが小さく悲鳴を上げ、それからあたふたと言った。

「ご、ごめん。急に暗くなったから……」

「廊下の明かりがついているので平気かと思ってしまいました。すみません」

消す前に一声掛ければよかったかもしれない。俺が謝り返すと、中濱さんは弱々しく首を横に振る。

「ううん、私が怖がりすぎなのはわかってる」

悪天候のせいか、廊下はしんと静まり返っていた。この廊下には俺たちの企画課や商品を小売業者などに売り込む営業課、原材料の買い付けを行う鮮魚課、社内の事務作業を一手に引き受ける総務課などのオフィスが並んでいる。しかし明かりのついている部屋はあっても話し声はせず、一層ボルテージを上げる風の音ばかりが聞こえてきた。さながらホラー映画の導入部のようだ。

「大丈夫ですよ、俺がいますから」

なかなか歩き出そうとしない中濱さんに声を掛け、俺は先に立って歩き出す。

「中濱さんは後からついてきてください」

それで彼女は一旦従いかけたが、すぐに駆け足になって隣に並んだ。

硬い表情で言うには、

「う、後ろは振り向くと怖いから、横にいていい？」

とのことだ。

それほど工場内が恐ろしかったのだろうか。もちろん並んで歩くのも一向に構わないのだが、中濱さんは俺のすぐ傍から離れようとしない。頭一つ分背の低い彼女が真横を歩くと、俺の肘に肩がぶつかった。慌てて腕を引っ込めたが、どうにも窮屈で動きにくい。

横目で様子を窺うと、中濱さんは真っ直ぐ前だけを見据えている。小刻みに震えながら俺の歩幅に合わせて進むのに精一杯のようだ。

「草壁くんがいてくれてよかった……私一人だったら、シマエビ諦めて帰ってたかも……」

その瞬間、無性に強い責任感を覚えた。なんとしてでも中濱さんと共に、シマエビを持ち帰らねばなるまい。

製造課は社屋に隣接する工場部分全体に当たり、廊下の一番奥、突き当たりの両開きドアの向こうにある。魚を扱うその業務上、稼働は朝早くから始まり、繁忙期以外は夕暮れ前に終業となるそうだ。つまり今の時刻には誰もいない。

実際、中濱さんもか細い声で訴える。

「本当にしーんとしててね、冷凍庫のモーター音だけ鳴ってるのが、もう電気点けても怖くって……」

「では、一緒に入りましょう。開けますね」

俺は製造課に通じるドアを開け、中濱さんのために大急ぎで明かりを点ける。

工場内にはやはり人の姿はなかった。三枚卸し機やヘッドカッター、バキューム式の内臓取り機など、よくよく考えれば恐ろしい名前の機械たちが白っぽい照明の下で静かに光っている。清掃が済んだ工場内はどこもかしこもぴかぴかに磨き上げられていたが、魚の匂いは微かに残り、漂っていた。

人のいない時間に立ち入るのは初めてだ。こうして見ると水産加工工場には死角が多く、大物の機械やベルトコンベアーなどのせいで、例えばここに何か隠れているといった想像が働くのも無理はない気がした。背の高い冷凍庫が作る影が壁を黒く塗りたくり、響き渡る低いモーター音は呻き声のように聞こえなくもない。

「これは中濱さんが怖がるのも無理ないですね」

俺が慰めると、思いっきり大きな頷きが返ってきた。

「だ、だよね。こんな時間に一人でここ来たら怖いよね？」

「ええ、初めから俺がご一緒しておくべきでした」

そう続ければ中濱さんは少しだけ笑ったようだ。それがおかしさからの笑みなのか、それとも精一杯の強がりだったのかは摑めなかったが、ともあれ張り詰めていた空気がほどけたように感じられた。

顔が映りそうなほど磨かれたステンレス製の冷凍庫を開けると、冬の朝みたいな冷気がどっと溢れ出てくる。幸いにしてシマエビの発泡スチロールがわかりやすい手前にしまわれており、それぞれ『加賀』『中濱』と記されたものを回収できた。冷凍庫のドアをきっちりと閉め、俺たちは静かな工場を後にする。

「……ふう」

廊下へ戻ると、中濱さんはくたびれたような息をついた。実際、この十数分でずいぶん疲れてしまった様子に見えた。

「情けないなあ。この歳になって怖がりとか」

そんなふうに嘆くので、俺は励ましのつもりで口を開く。

「誰にでも苦手くらいありますよ」

「本当、全然駄目なの。幽霊が出るかもって思うと怖くなっちゃって……」

「中濱さん、幽霊を見たことがあるんですか？」

聞き返すと、彼女はびくっとしてから困り顔で答えた。

「な、ないけど……だからこそ怖いっていうのもあるじゃない。想像で全部作り上げちゃうっていうか」

では、中濱さんが恐れているのも全て想像の産物であるということになる。そういうことならと、俺は胸を張った。

「それなら安心してください。この世に幽霊はいません」

きっぱりと断言したからか、中濱さんは怪訝そうに俺を見上げる。頭一つ分の身長差のせいで、今は中濱さんの姿も俺の影に覆われ、暗がりの中にいるようだった。

「なんで、そう言い切れるの？」

「試したことがあるんです。幽霊に会う方法を」

「ど、どうして？　というか、どうやって？　知っても私は試したくないけど」

　矢継ぎ早の質問に対し、俺は順を追って答える。

「大学時代の友人に、オカルトに詳しい人がいたんです。彼によれば幽霊は人の気持ちに敏感らしく、『こんなところにならば幽霊がいてもおかしくない』と思えば現れてくれるそうなんです」

「それで、試したの？」

「はい。丑三《うしみ》つ時にロウソクを点《とも》し、俺なりに一生懸命念じました。さすがに墓地で行うのは不謹慎だと思いまして、あくまで自室でしたが。しかしこんなにも会いたがっている人間がいたにもかかわらず、一度として俺の前に現れることはなかったんです」

「しかも、何度も試したんだ……」

　フィッシャーの三原則にのっとり反復と無作為化の上で実験を繰り返した。あいにく局所管理に至る前に気持ちが折れたのでそれ以上試すことはなかったが、さすがに結論づけてもいいだろうと思えた。

「なので中濱さんも安心してください。幽霊なんていません」

　俺が言い切ると、中濱さんはしばらく俺の影の中で呆然とこちらを見ていた。

　やがてその表情がふっと和んだかと思うと、小さく噴き出してみせる。

「草壁くんに言われると、本当かなって思えてくるね」

「本当ですよ。実在するならとっくに俺の前に現れているはずです」

「でも、怖がらせがいがなさそうだからなあ。幽霊も人を選んでるかも？」

「それは困ります。俺だけが会えないのだとしたら、さすがに理不尽です」

幽霊の本懐が人を怖がらせることなのだとすれば、実際俺のところへ化けて出るのは嫌なものかもしれない。だが俺は幽霊を馬鹿にするつもりはないし、むしろその訴えに耳を傾けた上で有意義な会話ができるだろうと思っている。だから一度くらいは会ってみたいのだが。

「会いたいのに会えないっていうのも面白いね」

呟く中濱さんの声は笑い混じりで、先程までの怯えの色は欠片《かけら》もなかった。直後に俺へ向けた笑顔も嘘のように晴れやかだ。

「じゃあ幽霊が出そうな時は、草壁くんがいてくれたら絶対安心だ」

「出そうだなと思った時は呼んでください、参上します」

「頼れる！　いざっていう時はお願いするね」

実際にそういう機会があるかもと思わせるような、半ば本気の口調で中濱さんは言う。

「私も、草壁君と一緒なら怖くないから」

それはなんだか、とても嬉しい言葉だった。

シマエビを抱えた俺たちが山谷水産を出るちょうどそのタイミングで、天候はざあざあ降りの雨に切り替わった。風もあるせいか斜めに降りしきる雨粒が、駐車場のアスファルトに衝突しては小さな飛沫を上げている。雷鳴が止《や》んでいることだけが幸いだった。

「家まで送るから乗っていきなよ、風邪引いちゃうよ」

中濱さんの強い勧めで、俺は彼女の車に乗り込む。雨に洗われる黒いSUVは見た目にも格好よく、その運転席でハンドルを握る中濱さんも凛々《りり》しく見えた。

「草壁くんのお家ってどの辺？」

「深堀町です。電停から歩いてすぐなんですが、遠回りになりませんか？」

「なるけど、車だから平気。それに今日のお詫びっていうか、名誉挽回もしたいしね」

本降りの函館市内は車通りが多く、中濱さんの車もゆっくりとその車列に加わる。街灯や信号機、それに車のライトが照らす街並みは雨に煙り、霞んで見えた。叩きつけるような雨音の中、中濱さんが恥ずかしそうに打ち明けてくる。

「大学時代、札幌にいた頃にね。ちょっと時間空いたから映画観に行ったことあったの。狸小路《たぬきこうじ》のミニシアターに一人で」

「ああ、俺も行ったことあります」

懐かしい地名に思わず口元が綻んだ。札幌市中心部のアーケード街の中にあり、いわゆる単館系というのか、大手ではやらないような名画を上映する雰囲気のいい映画館だった。狸小路には老舗《しにせ》の釣具店があり、また飲食店も豊富に揃っているので札幌にいた頃はよく通ったものだ。

「そこで見たのがサスペンスに見せかけたホラー映画でね」

中濱さんは溜息と共にぼやく。

「人間怖い系は平気なんだけど、幽霊の仕業《しわざ》系はどうしても駄目で。でも途中退席も恥ずかしくてできなくて、結局最後まで観ちゃったんだ。もう、すっごく怖かった」

「それで幽霊が苦手なんですね」

「うん。当時は一人暮らしだったから、大学の友達に無理言って何日か泊まりに来てもらったりね。友達の都合がつかなかった日は部屋の電気点けっぱで寝たし……」

しかし、そんな打ち明け話をする中濱さんの横顔はどこか楽しげだ。

「でも今思うと、そういう失敗も学生時代ならではって感じだよね。今ならお休み貴重だし、そのお休みに映画見るとなったら絶対下調べしてから行くし」

「確かに。俺も幽霊の実験ができたのは、時間がたっぷりあったからこそです」

さすがに今はそんな暇もない。仕事を終えて帰れば夕飯の支度をしなくてはならないし、なんだかんだで疲れて日付が変わる前に寝ついてしまう。休日には買い出しや家の掃除、母が置いていった車を洗ったりと忙しいし——それでもそろそろ、釣りには行きたいなと思っている。

中濱さんは社会人となった現在、どんな休日を過ごしているのだろう。そんな疑問がふと過《よ》ぎった時、運転席の彼女が残念そうに笑った。

「草壁くんが二つじゃなくて一歳違いだったら、一緒に札幌で過ごせてたかもしれないよね。そうしたらあの映画も一緒に観てもらって、今日までトラウマになってることもなかったかも」

中濱さんは二歳年上なので、彼女が札幌にいた頃は俺なんてまだ高校生だ。逆に俺が札幌で学んでいた頃、中濱さんは函館キャンパスにいただろうし、これが一歳違いならと思ってしまうのも無理はない。

「俺も中濱さんとご一緒したかったです。もっと楽しい大学生活になっていたでしょうし」

大学生活が楽しくなかったわけではない。少ないながら友人もできたし、暇なうちでなければできない馬鹿な実験もできた。学生の本分たる学びも十分に打ち込めたと思う。

しかしそこに中濱さんがいたら、という想像も不思議と楽しいものだった。大学でも彼女は尊敬すべき先輩となってくれただろうし、水産学部での学びをより深めるのにも手を貸してくれたはずだ。

休日を一緒に過ごす機会も、もしかするとあったかもしれない。講義の空き時間に狸小路まで映画を見に行ったり、大学近くの食堂でランチを食べたり、大学名物のイチョウ並木を隣り合って歩くような機会も——そこまで考えてなぜか気恥ずかしさが込み上げてきたので、俺は想像を切り上げた。

現実には二歳の差を埋められるはずもなければ、過去に戻って今と違う大学生活を過ごしてみることもできない。

「そうだよね、惜しいなあ」

中濱さんは悔しげに言った後、気を取り直したように続ける。

「でも、去年はうちは新規採用なかったらしいし。二歳差だからこそ草壁くんに会えたとも言えるのかな」

「だとすると、俺は山谷水産で中濱さんにお会いできる方がいいです」

俺があっさり手のひらを返したからか、中濱さんは笑いながら聞き返してきた。

「本当に？　どうして？」

「叶わない想像よりも、現実の方が貴いと思うからです」

どれほど実験を繰り返しても幽霊に会えなかったように、この世には叶えようのない物事もある。それについて想像を巡らせることも楽しくはあるが、目の前にある現実がいいものなら、そちらをより大切にしたいと俺は思う。

現実の俺は楽しい職場で働けているし、自炊も軌道に乗ってきたところだし、両親は東京で元気にしているしで言うことなしだ。おまけに職場には素敵な先輩もいる。

「そっかあ……」

俺の答えを聞いた中濱さんは、納得したように息をついた。

「いい考え方だね、それ。確かに『もしも』を考えたって仕方ないことあるもんね」

「ええ」

「草壁くんは大人だなあ。時々、年下じゃないみたいに思えるよ」

そうも言われたが、それは正直異論がある。俺からすればそんなふうに呟いて車を走らせる中濱さんの横顔の方が、ずっと大人っぽく完成されたものに思えた。微笑んでいなくても優しそうな目元の柔らかさや唇の小ささ、そして印象深い睫毛の長さを、悪天候の薄暗さの中そっと盗み見る。

もしもを考えても仕方がないが、一緒に映画を見に行っていても、やはりこんなふうに隣ばかり見ていたかもしれない。

中濱さんが自宅前まで送り届けてくれたお蔭で、俺はほんのわずかしか濡れずに済んだ。

帰宅後はまず手を洗い、シマエビの解凍から始める。発泡スチロールの中のシマエビは既に鮮やかなオレンジ色をしていて、ボイルしてから冷凍されたものだと一目でわかった。かちかちに凍りついたエビをビニール袋に入れ、その上から流水で解かすと、つやつやと光沢のある殻越しにうっすら縞模様が現れる。

今夜のメニューはシマエビのエビマヨと味噌汁だ。帰り際、中濱さんにシマエビをどう食べるのか尋ねたところ、イチイさんがいくつかレシピを載せていると教えてくれた。

「エビマヨとかチャーハンとか、唐揚げも作ってたと思う、確か。私も揚げ物にしちゃおうかな」

予想通り、イチイさんはシマエビも調理しているようだ。

更なる情報と、純粋にレシピも求めて俺はイチイさんのＳＮＳを見にいく。シマエビで検索すれば、確かに数点の投稿が引っ掛かった。作った年は違えど時期はちょうどこの七月辺りと決まっており、イチイさんも茹でたものを手に入れているようだ。鮮度が落ちやすいシマエビは浜茹でにする場合が多いため、これは当然だと言えるだろう。どこで購入したという記述はないが、もしもイチイさんが飲食店関係者なら入手するルートはいくらでもある。

そもそもシマエビは希少ではあるが、夏場には函館市内のスーパーに並ぶこともあった。うちの両親も好んで食べていたのでその点は間違いない。なのでこの投稿からは、イチイさんが北海道の人であろうという予測が強まった以外の収穫はなかった。

それはさておきイチイさんが作るシマエビのエビマヨは、大ぶりの身にこってりしたマヨソースが絡んだ大変美味しそうな一品だった。お弁当箱でも存在感を放つエビマヨには一緒に炒めたピーマンも添えられており、彩《いろどり》もよく仕上がっている。材料も家にあるものでまかなえそうなのが悪天候の日にはありがたかった。

まずは解凍したシマエビの殻を剝く。頭と殻はあとで味噌汁に使うので必ず捨てずにとっておき、頭に詰まっているエビ味噌も零《こぼ》さないようにする。しかし無心で殻を剝こうとしても目の前の誘惑に抗えず、一本味見をしてしまった。今年初めて食べるシマエビは、ぷりぷりの身に濃厚な甘みが凝縮された、まさしく無類の味わいだ。エビの身はどの種類も大体甘いものだが、シマエビの甘さは一味違う。塩茹でにしただけでもコクがあり、後を引く美味さがある。しかしこれ以上食べたらエビマヨが作れなくなってしまうので、ぐっと我慢だ。

改めて素晴らしいボーナスを支給してくれた加賀課長に感謝し、明日からの滅私奉公を誓ったところでどうにか殻を剝き終えた。シマエビの身と、角切りにしたピーマンに片栗粉をまぶし、マヨネーズ、ケチャップ、牛乳、それに砂糖を加えたマヨソースを事前に合わせておいたら下準備は完了だ。

フライパンに油を熱し、シマエビを焼く。元々火が通っているのでそこまでしっかり焼く必要はなく、片栗粉の衣がカリッとする程度でいいとイチイさんのレシピにはある。衣がほんのり色づいたら火を止めて、マヨソースを絡める。これでエビマヨは完成だ。

もう一品、これはイチイさんのレシピにはないが味噌汁も作る。母がかつて作っていた記憶を手繰《たぐ》り寄せながら――小鍋に湯を沸かし、先程剥いたシマエビの頭と殻を加えて少し煮る。そこに出汁《だし》を加え、火を止めて味噌を溶き、最後に小口切りにした長ネギを放てば、記憶の中にあるシマエビの味噌汁と同じ味になった。

予約炊飯で炊き上がっていたご飯と共に、食卓に並べて夕飯とする。

「いただきます」

まずはエビマヨに箸を伸ばした。軽く焼けた衣にソースをたっぷり絡めて、口に運ぶ。マヨソースは牛乳のお蔭か酸味が弱まりまろやかで、エビの甘さにもよく合った。火を通して身が締まったシマエビは一層濃厚なコクが増し、弾力のある歯ごたえもあって満足感たっぷりだ。これは時間を掛けて味わわなければもったいない。

一緒に炒めたピーマンは程よく柔らかくなっていて、こちらもくったりした柔らかさ、ほのかに残る苦みにマヨソースがぴったりだった。中華料理屋っぽくレタスも添えてみたのだが、瑞々《みずみず》しい葉でソースを掬《すく》えばこれも美味しく、結局マヨソースはなんにでも合うのではないかという結論に至る。

ともあれ満足のいく完成度だ。明日のお弁当用にいくらか分けておいたのだが、せっかくだから――これでおにぎらずを作るのはどうだろうか。

以前、中濱さんに食べさせてもらった革命的な一品を、俺もいつか作りたいと考えていた折だ。しかし中の具を何にしようかと迷ってもいたのだが、このエビマヨなら相手にとって不足なし。エポックメイキングな献立だと思うからこそ、俺も最上級の素材と料理で挑みたい。それがおにぎらずに対して払うべき敬意だ。

「よし」

決意を胸に、今度は汁椀に手を伸ばす。

味噌汁の方もシマエビの旨味が溶け込んで深く、奥行きのある味わいになっていた。お椀に浮かぶエビの頭はその見た目だけで豪勢だ。まずは箸で具を寄せ汁だけ啜ると、いつもの味噌と出汁だけではなく、潮の香りまで一緒に煮込んだような薫り高さがあり、ほのかにエビ味噌の味もした。みそ汁だけでご飯のおかずになりそうなほど美味しい。最後に放った長ネギはしゃきっとした食感と辛味があり、アクセントとしていい役割を果たしていた。

「やっぱり、腕が上がったかな……」

見様見真似でもこれだけ作れるのは俺が上達したのか、それとも素材となったシマエビがそれだけ美味しいということか。こんな贅沢品を独り占めすることに罪悪感も覚えたが、これも役得と心ゆくまで味わう。

来年は自分の給料で購入できるよう、一層の精進も心に誓った。


翌日の昼休み、中濱さんはタッパーを持って俺に駆け寄ってきた。

「昨日は本当にごめんね。これ、お詫びとお礼」

蓋を開けてくれたタッパーの中には、からりと揚がったシマエビの天ぷらが詰まっている。衣は程よいきつね色で、そこからエビのオレンジのヒゲがはみ出して見えた。

「私が作ったんだけど、結構美味しくできたんだ。よかったら食べて」

「ありがとうございます」

お昼時でお腹も空いていた俺は思わず目を吸い寄せられてしまったが、我に返って謙虚に答える。

「これはありがたくいただきますが、大したことはしていませんよ」

「ううん、そんなことないから」

中濱さんは否定するが、お詫びとお礼を言われるほどのことはしていないし、そもそも彼女は昨日の一連の出来事を秘密にしたがるだろうと思っていた。自分でも怖がりなことを恥じている様子だったし、きっと人前で公《おおやけ》にされたら気を悪くする。俺はそう考えて、胸にしまっておくつもりだったのだ。

しかし中濱さんときたら今朝は顔を合わせるなり『昨日はごめん』と謝ってきたし、昼休みにはお詫びの品まで持ってきた。

「えっ、何なに。なんかやらかしたの？」

当然、居合わせた加賀課長がぎょっとして尋ねてくる。小野寺さんも心配そうにこちらを見たので、俺はとりあえず弁解しようと口を開いた。

「いえ、大したことではないのですが――」

「昨日の帰り、製造課にシマエビ取りに行ったらめちゃくちゃ怖くて。一緒に残ってた草壁くんに無理言って、ついてきてもらったんですよ」

それを中濱さんは全く包み隠さずに説明してしまう。その公明正大さに俺は目を剝いたが、加賀課長と小野寺さんは揃って納得の表情になった。

「ああわかる、夜の工場ってなんか独特の怖さあるよねえ」

「普段人が大勢いるところしか見てないから、人がいないと不気味ですよね」

「そうなんですよ！　あの冷凍庫のモーター音もすっごく怖くて！」

中濱さんも拳を握って力説している。驚くほど素直な人だ。

「そこいくと草壁くんはすごかったですよ。怖がるそぶりなんて一切なくて、いつものように冷静でした」

更にそうも言い添えてくれて、逆に俺の方が恥ずかしくなってしまった。

俺と夜の製造課を不気味だと思わなかったわけではない。あそこで一晩過ごすようにと言われたらさすがに困惑してしまうだろう。もっとも衛生面からそんな命令が下ることはないだろうし、現実的でもないが。

「確かに、草壁くんが何か怖がってる姿ってイメージできないな」

小野寺さんが俺を見て、興味深そうに笑った。

「何か怖いものとか、苦手なものってあるの？　草壁くんにも」

加賀課長の聞き方は『ないだろうけど』と言いたげだ。

しかし俺にだって怖いもの、苦手なものくらいある。例えば俺は冗談を言うのが得意ではなく、大学時代の飲み会では素面《しらふ》であることも相まって場の空気に馴染むことができなかった。仕方なく黙々と食事だけ済ませて帰った飲み会も一度や二度ではない。

社会人になってからも飲み会での過ごし方は代わり映えしていないが、少なくとも山谷水産ではお酒を飲むよう勧められることもなければ、黙って食事だけするのを非難されることもない。そして冗談が下手《へた》な俺の発言を、なぜか面白がって笑ってくれる人がいる。

「強いて言うなら、今の幸せを失うことが怖いです」

俺が正直に答えると、たちまち三人は呆気に取られた顔になった。

「真面目に答えるねえ！」

すぐに、加賀課長は愉快そうに声を弾ませ、

「草壁くんの言う通りだね。本当、それが一番怖いよ」

小野寺さんは得心した様子でしきりに頷き、

「すごい草壁くんっぽい答え！　面白い！」

中濱さんはいつものように、お腹を抱えて笑い始める。おかしそうな笑い声が開発課に響くと、俺もなんだかわからないがいい気分になれた。

「よく笑うよねえ、中濱さんも」

苦笑しつつもどこか満足げな加賀課長が、俺が受け取ったタッパーに目をやる。シマエビに気付いたからか、こう尋ねてきた。

「草壁くんは昨日のシマエビ、もう食べた？」

「エビマヨにして美味しくいただきました。素晴らしい品をありがとうございます」

改めてお礼を述べると、課長は手をひらひらさせて応じる。

「いいっていいって。美味しいもの食べて、この夏乗り切らないとね」

中濱さんが作ったシマエビの天ぷらはやはり美味しそうで、いよいよお腹も空いて

きた。俺も昨夜のエビマヨをお弁当に入れてきたので、今日のランチも豪勢なものになりそうだ。

それから四人でテーブルを囲み、お弁当を食べる。ようやく笑い終えた中濱さんは目元に滲んだ涙を拭いつつ、嗄れかけた声で俺に言った。

「その天ぷら、頭つけたまま揚げてあるから。ヒゲには気をつけて食べてね」

シマエビは頭も美味しいので、捨てずに食べる方が絶対にいい。俺も昨夜、味噌汁にしたのでよくわかる。

早速、天ぷらを食べてみた。サクサクに揚がった衣の中にあの甘いシマエビの身が詰まっていて、口の中いっぱいに美味しさが広がる。天ぷらの衣は卵の味がしっかりと感じられ、ほのかに塩味がつけられているのもいい。

「実は天つゆも持ってきたんだよね。使う？」

「是非お願いします」

「草壁くんは何作ってきたの？　もしかして、おにぎらず？」

「ええ、シマエビのエビマヨを挟んできたんです。よかったらお一つどうぞ」

「いいの⁉　すごい贅沢な具材！」

前に中濱さんからも聞いていた通り、おにぎらずの作り方は簡単だった。ラップを敷いた上に海苔を置き、その上にご飯をそっと広げる。更にそこに具となるエビマヨを載せたら上から覆うようにご飯を載せ、あとは真ん中に向かって海苔の角を、ラップごとつまみながらぱたぱた畳み、包丁で切るだけだ。イメージとしては折り紙に近い。ちなみに切る際は包んですぐではなく、少し置いて海苔がしっとりしてからの方が切りやすいとイチイさんのレシピに書かれていた。また刺身を切るように力を込めず、引き切りにすることも肝心、だそうだ。

ともあれ天ぷらのお礼にエビマヨを一つ贈呈すると、中濱さんは嬉しそうにそれを食べ、過分なほどの賞賛の言葉をくれた。

「このエビマヨ美味しい！　身がぷりぷりだしソースの味つけも完璧だし……ご飯にだってすごく合う！　草壁くん、もうすっかり料理上手だよ！」

その様子を加賀課長はどこか愉快そうに、小野寺さんは穏やかな眼差しでそれぞれ見守っている。俺は照れながら、自分でもおにぎらずを食べてはふんわりご飯を楽しみ、また中の具のエビマヨの美味しさ、そして中濱さんの作ってくれた天ぷらの美味しさも一口、一口噛み締めるように楽しんだ。

真面目過ぎる感想かもしれないが、やはりこの時間こそが失いたくない、かけがえのない幸せだと思う。

5、ブリパエリアとスパニッシュオムレツ

八月一日の早朝、俺は母の車に釣り道具一式を積み込んだ。

行く先は湯川町、熱帯植物園裏手の砂浜だ。市内の釣りスポットとしては有名な場所で、この時期は岸からでもブリが釣れると聞いた。仕事でもブリを扱い、そして試食でも何度となく味わってきた俺としては、趣味の釣りでもブリと巡り合いたい。叶うなら釣りたてを捌いて食べてみたい。港まつりはいよいよ今日からで、新商品の試食会は明日行われることになっている。その成功への願掛けも込めて出かけることにした。

母の真っ赤なミニバンは月に一度乗る程度だ。先日そう話したら、母からは『もっと乗りなさい』とたしなめられた。実際いざという時にバッテリーが上がっていては困る。仕事にも大分慣れてきた折、ぼちぼち釣りに行くのもいいかと車を出した。

家を出たのは午前三時過ぎだ。当然まだ夜は明けておらず、街中はどこも静まり返っている。見上げた空はまだ星がひっそり瞬《またた》いており、雲一つない。今日の花火大会は無事に行えそうだった。

ブリを釣るなら日の出前後がいいと聞いている。だから俺は、車もそれほどない漁火通りを湯の川方面へと走らせた。

熱帯植物園の裏手には無料駐車場があり、そこへ乗り入れて車を停める。ここは湯の川温泉花火大会の打ち上げ場所にも近く、花火大会当日には見物客で大変混み合うらしい。そういえば『小料理屋はたがみ』もここから近いところにある。もちろん今の時間帯に店が開いていることはないだろうが。

駐車場には数台の車が俺より先に停まっており、釣り具一式を持って砂浜へ下りると先客が既にロッドを握っていた。一定の間隔を開けながら、海に向かって立つ背中がぽつぽつと並んでいるのが面白い。さすがに後ろ姿だけではどんな人たちなのか察することもできないが、見た感じ成人男性ばかり、そして一人客がほとんどだ。

有名な『鴨川《かもがわ》等間隔の法則』とは京都市内を流れる鴨川沿いに、カップル同士がなぜか等間隔で座る現象だと聞くが、釣り人にも同じことが言えるのではないだろうかとふと思った。互いの釣り糸が絡まぬよう、獲物の取り合いにならぬように距離を開ける姿は思いやりに満ちている。

俺もその等間隔に交ざるがごとく、隣の釣り客と距離を置いて海に向き合った。

「意外と冷えるな……」

八月とはいえ日が昇る前ではやや肌寒く、長袖のTシャツ一枚では物足りないほどだ。ウインドブレーカーを羽織ってきてよかった。

水平線の向こうの空は白々と明るくなってきており、深い青色の海をほのかに照らしている。この時期特有のイカ釣り漁船はもう港へ帰った頃で、漁火も陽の光もない今時分の海が一番暗いのかもしれない。日中のよく晴れた日には下北半島の島影が見えることもあるのだが、さすがに今は捉えられなかった。

この辺り一帯の海岸は大森浜と呼ばれている。湾曲した海岸線の先には突き出すようにそびえる函館山があった。頂《いただき》に王冠のように展望台を載せた山は『臥牛山《がぎゅうざん》』とも呼ばれていて、その通り牛がごろんと寝ている姿に見える。日が昇れば鬱蒼と茂る夏の山が眺められるのだが、今はまだ薄暗くて大きな牛の影だ。牛の背中の展望台だけが息づくように光っている。

辺り一面、潮の香りと静かな波の音ばかりだ。少しぼんやりしたくなる。

昔から釣りの最中には考え事をしたくなった。内容は中濱さんにも話した通り、取りとめも他愛もなく答えの出ないことばかりだ。

鶏と卵はどちらが先なのだろうか。

自動運転技術は交通事故防止の福音となりうるだろうか。

中濱さんの笑いのツボがわかるようになりたいのだが、どうするのがいいだろう。

そんなことを考えているうちに――ふと、ここ最近で一番疑問に思っていることが脳裏を過ぎった。

イチイさんの正体は、本当に播上さんなのだろうか。

根拠は乏しい。料理がお上手であることとお弁当を作る習慣があること、そしてイチイの生垣だけでそう結論づけるのはあまりに浅薄だろう。イチイは日本全土に分布しているし、道内では自然林もあるそう珍しくない植物だ。ただ函館市においては雪に強いイチイを市木に指定しており、そのことは函館市民なら大体知っている。だから関係がないとも言い切れない。一方で例えば空知《そらち》地方の南幌町や長野県の塩尻市など、イチイの木を街の木に指定している地域は他にもあるため、函館の人だとも限らない。

播上さんとは甘露煮ラザニアの件以来、まだ会っていなかった。仕事で行く用事がなかったからだ。個人的に伺って尋ねてみるというのも手ではあるが、いきなり『あなたがイチイさんですか?』と問いただすのは不躾《ぶしつけ》にも程があるだろう。まだ確証もないのだし、それは最後の手段だ。

イチイさんが北海道の人であることは間違いないと思っている。生ホッケの件もそうだし、ブリ釣りの前にイチイさんのレシピをざっと見たのだが、ブリを食材にしたことも一、二度しかないのだ。イチイさんはなぜか揚げ物を好まず、肉よりも魚をメインにすることが多いのだが、そんな人が本州では一般的なブリを食べないというのも不思議だ。ちなみにニシン、サバ、サンマなどは調理しているので青魚が苦手だというわけでもなさそうだった。

ただ、イチイさんというのが本名の可能性だってある。俺がネット上で『太公望ユウキ』を名乗っているのと同じように、イチイさんも実は市井《いちい》さんとか、市居《いちい》さんかもしれない。そこに意味を見出そうとすること自体無意味ではないだろうか。

そもそも、俺はイチイさんの正体を知りたいのだろうか。

知ってどうするつもりなのだろう。

「――兄ちゃん」

低い男性の声が真横から聞こえ、俺はとっさに振り返る。

すぐ隣にいた釣り人が、うろんげな目でこちらを窺っていた。

「ぼんやりしてても釣れねえぞ、巻かないと。ブリ釣りに来たんだろう」

この人もやはり函館訛《なま》りだ。

「そうです。すみません、つい考え事を」

ここからブリを釣るならショアジギングといって、岸から遠くに投げた上で疑似餌《ぎじえ》にさも生きているような動きをさせなくてはならない。黙って沈んでしまうようなジグにブリは食いつかないのだ。男性の言う通り、メリハリをつけながら巻いたり、泳がせたりしなくてはいけなかった。

俺の答えを聞いた男性は、日焼けした頬をゆるめる。安堵したように見えた。

「考え事？　青物《あおもの》釣りに来ておいてそんな暇ねえよ」

「全く、仰る通りです」

いい人そうだとまず思う。地元球団の野球帽にブルーのフリースを羽織っており、目尻に深い皺があった。うちの父と同じだ。もちろん顔立ちも雰囲気も全然違うが、無性に懐かしく感じる。目尻の皺で思い出したと言ったら父は悲しがるだろうか。俺が少し笑ったからか、男性も改めて笑みを見せた。

「兄ちゃん、いくつだい？」

「二十二です」

「おお、若いねえ。そんだけ若くて考え事ってことは、仕事の悩みか、それとも恋の悩みだろ」

あいにくどちらも外れだ。

俺がどう応じるか迷っていると、男性はぽんと肩を叩いて自分のポジションへ帰っていく。そして糸が干渉しない距離まで離れた後、再び声を掛けてきた。

「まあ大いに悩みな。悩むだけ時間があるのも若いうちだけだよ。ただ海に来たら釣らなきゃもったいねえ」

そう語る男性の足元には大きなクーラーバッグが置かれている。長さ八十センチはあるだろうか。大物を期待して持ってきたに違いなかった。

「ところで、釣れてますか?」

しかし俺が問うと、苦笑いが返ってくる。

「ぼちぼちだな。今日は潮目がよくないのか……ベイトはいるんだがなあ」

ベイトとはベイトフィッシュ、つまりエサになる小魚のことだ。この辺りならマイワシだろうか。そういったエサが大勢いるところに、魚もまた集まってくる。しかし男性の口ぶりから察するに、釣果はあまり芳しくないようだ。

いよいよ日の出が近づいてきたようで、黄金色に輝く海の向こうに眩しい半円の太陽が見える。しかし釣り客はぱらぱらと帰り始めていて、潮目が悪いというのも事実のようだ。

それでも一匹くらいは釣って帰りたい。試食会を控えた今、俺はブリの加護が欲しいのだ。

遠くへジグを投げて、しばらくただ巻きを続ける。真横で男性がうんうんと頷いてみせるのが視界の端に見えた。

「やっぱり、ボウズじゃ帰れんよなあ」

「ええ」

俺がボウズで帰るのはよくあることだが、今日は釣りたい。そもそも俺はブリを釣ったことがなかった。函館でならカレイやホッケ、それにイカ釣りの経験はある。父もカレイ釣りが好きだからよく二人で函館港や住吉《すみよし》漁港、時には汐首《しおくび》まで出かけた。俺に釣りを教えてくれたのも父だ。そんな父も函館でブリは釣ったことがないと言っていた。釣れるようになるとは思っていなかった、とも。

日が昇り始めた海はきらきらと美しく輝いている。潮の香りも波の音も特段変わりないように見えた。しかし海は確実に変わりつつあり、俺たちはそれに順応しなくてはならない。

泳がせたジグに何か食いついたような感覚はない。一度引き上げた時、隣の男性が言った。

「ま、釣れなくても楽しいわな。でっかい海見てると悩み事なんてちっぽけなもんだって思えてくるだろ?」

口調自体はあっけらかんとしていたが、俺を気遣ってくれているらしいのは十分わかる。そこまで深刻にしていたつもりはなかったものの、この人には心配に思えたのだろう。直感通り、いい人だ。

「お気遣いありがとうございます」

隣に向かって頭を下げると、男性はこそばゆそうに帽子を被り直していた。

「なんもいいって。元気出しなよ」

「はい」

確かにちっぽけなことだ。イチイさんが誰でも俺のすることが変わるわけではない。毎日更新をチェックし、新たなレシピを教えてもらい、そして食事やお弁当を作る。日々の暮らしの中に歯車の一つとして組み込まれてしまったイチイさんという存在は、たとえ正体が何者であろうと揺るがしがたい。誰だっていいし、知らないままだっていいのだ。

とはいえイチイさんが本当に播上さんだったらそれはそれで嬉しい気もする。こちらの男性と同じく、いい人だからだ。

結局、この日はボウズで終わり、俺を元気づけてくれた男性とも挨拶だけして別れた。釣り人の出会いは一期一会、だからこそ気安く話せるというものだ。

しかしブリのご加護は欲しかったので、俺は帰りしなに開店直後のスーパーへ立ち寄り、ブリの切り身を購入した。魚との出会いも一期一会、今日はたまたま店頭で縁があったというだけのことだ。

さて、無事手に入れたブリで作るメニューは既に決まっている。

イチイさんのSNSに掲載されていたブリのパエリアだ。イチイさんが手がけた数少ないブリ料理のうちの一つで、ほんの数日前に投稿されたばかりの新メニューだった。あの曲げわっぱのお弁当箱に、黄色く染まったご飯とピーマン、パプリカのみじん切り、真っ赤なトマトの角切り、そしてふっくら炊き上がったブリの切り身が美味しそうに盛りつけられている。ご飯が黄色いのはサフランを使っているからだそうだ。

そこで俺も、サフランというものを買ってみた。

小さな瓶に入っていて、見た目は赤い木くずみたいだ。これが米を黄色に着色するのはちょっと想像がつかなかった。説明書きによれば事前に水でふやかして使うものだそうだ。瓶の蓋を開けて一度匂いを嗅いでみると、つんとする独特の香りがした。魚介類には合いそうだ。

本格的に料理を初めて数ヶ月が経ち、ハーブや一風変わった香辛料にもぼちぼち興味が出てきている。新商品『ブリのコンソメ煮』を作った時も、ローリエを加えただけで格段に風味が増したことに感動させられた。今回、サフランを購入してみたのもそういうきっかけがあってのことだ。もっとも一回で使い切れる量ではないので、サフランを使う他のレシピも模索していく必要があるだろう。ちなみにスープやサフランライス、以前播上さんがラザニアに使用したベシャメルソースにも使えるそうだ。

パエリアの材料はこれまで作った料理よりも多めだった。まずは玉ねぎ、ニンニク、ピーマン、パプリカをみじん切りにし、トマトはヘタを取って角切りにしておく。ブリの切り身は例によって霜降りにした。そして米を研いでザルに揚げ、サフランを水につけておいたら下拵えは終了だ。本当はエビとか、時期なのでマイカなんかも入れてみたかったが卵焼き器には入りきらないので断念した。

卵焼き器に油を引き、まずは玉ねぎとニンニクを炒める。浅い卵焼き器からうっかり飛び出したりしないように、慎重かつ丁寧に火を通す。透き通っていい香りが立ってきたら、ピーマンとパプリカも炒める。それらにも火が通ってきたら、米を投入して更に炒める。

イチイさんが言うには、米に油をよく馴染ませるのが美味しくなる秘訣らしい。じっくり時間を掛け、焦げつかないように気をつけつつ炒めた後、水とコンソメ、サフランをふやかしていた水を入れてしばらく煮る。

程なくしてぐつぐつ言い出してきたら、米を平らに均《なら》し、その上にブリの切り身とトマトの角切りを重ならないように並べた。あとは蓋をして加熱するだけだ。

いつもは炊飯器でスイッチ一つだから、米がどのように炊き上がるのかを俺はよく知らなかった。しかし卵焼き器でパエリアを作ると『初めちょろちょろ中ぱっぱ』の意味がわかってくる。やや強火で加熱を続けると次第にぱちぱちと弾けるような音が聞こえてきた。水気が飛んでいるのだろう。焦げつかないタイミングで火を止めたら、あとは『赤子泣いても蓋取るな』を順守して十五分ほど蒸らす。

卵焼き器には蓋をしているのに、キッチンにはすっかり美味しそうな湯気が漂っていた。玉ねぎやニンニクは当初からいい香りを漂わせていたし、火が通ったピーマンやパプリカ、トマトのどこか瑞々しい匂いも堪らない。お米が炊けていく甘い匂いも、蒸し上がったブリの海を思い出させる香りも、そして微かに残るサフランの独特な香りも、全てが混ざり合って食欲を駆り立ててくる。早く食べたいのはやまやまだが、赤子が泣こうがお腹の虫が鳴こうが待たなくてはいけない。

ならばこの待ち時間でもう一品、美味しいものを作ることにしよう。

イチイさんのお弁当にはブリパエリアの他に、スパニッシュオムレツも入っていた。曰く『スペイン繋がりで合わせて作ってみました』とのことらしい。しかもこのオムレツをガスレンジではなく電子レンジで作ったというから驚きだ。俺も卵焼き器がパエリアで塞がっていて、他には片手鍋とやかんくらいしかないので鍋を使わず作れるのならありがたい。

まず下拵えとしてジャガイモの皮むきをし、水で洗ってから電子レンジで加熱する。竹串が刺さるくらいの柔らかさになったら角切り程度の大きさに切り、パエリアで余ったみじん切りの玉ねぎ、角切りのトマトと一緒にタッパーに入れる。そこに卵を割り入れ溶きほぐし、塩、コショウ、マヨネーズを入れて箸でよくかき混ぜれば準備は完了だ。

あとは電子レンジで二度に分けて加熱する。一度では中まで火が通り切らず、タッパーを開けてみると柔らかめの野菜入りスクランブルエッグという趣だ。改めて加熱し直すと、今度はふわふわに仕上がっていた。

まな板の上でタッパーをひっくり返すと、オムレツは四角い形で転がり出てきた。あとは包丁で切り分ければ完成だ。鍋なしで作るスパニッシュオムレツは、少し蒸しパンに似ていた。

ここでちょうど十五分経ったので、卵焼き器の蓋を開けてみる。

いい匂いの湯気がふわっと溢れ出てきて、霞むその向こうにパエリアが出来上がっていた。サフランで色づくご飯はつやつやとしており、トマトやピーマン、パプリカがそこに彩を添えている。ブリもふっくら火が通っていて、フライ返しで崩すとほろりと柔らかい。あえて混ぜずに掬ってみると、底の方にはいい色合いのお焦げができている。

皿に盛りつけ、オムレツも別の皿に並べて、今夜もディナーの支度が調った。

「いただきます」

ダイニングテーブルに着席し、手を合わせ、食べ始める。

出来立てのパエリアをまず一口頬張った。蒸らしに十五分かけた割にまだ熱々で、思わずはふはふ言ってしまう。米はちゃんと炊き上がっており、またコンソメと様々な素材の旨味が染み込んでいて芳醇な味わいだった。ピーマンやパプリカやトマトはくたくたに柔らかくなっていて、わずかに残る歯ごたえとそれぞれの野菜の風味が美味しい。米に旨味を吸わせてもなおブリは脂乗りがよく、サフランのどこかエスニックな香りとも相性がいい。ブリをスプーンで崩して米と一緒に口へ運ぶと、素晴らしいものを食べている満足感があった。

スパニッシュオムレツの方も食べてみる。見た目通り、ふわふわの蒸しパンみたいなオムレツだ。たっぷり入れたジャガイモは食べ応えがあるし、玉ねぎの甘さやトマトの酸味はアクセントになっていい。一口ごとに違う味わいを見せる具沢山のオムレツに、次はもっといろんな野菜を入れてみてもいいかもなと思う。

今夜は他にも常備菜を添えていた。播上さんから教わった春雨サラダだ。千切りにしたキュウリとニンジン、それにハムが入っている。野菜は塩揉みしてからきゅっと絞るとサラダが水っぽくならないと教えてくれた。ありがたいその教えは他のメニューにも活かせている。

現在、草壁家の冷蔵庫は休日に作った常備菜でいっぱいだった。播上さんはさっと作れる献立をたくさん知っていて、カボチャ餅やキャロットロペ、ピーマンの塩昆布和えなどを真似して作ってみたからだ。お蔭で俺の食卓は今までになく華《はな》やかになっている。これでいつ両親が帰ってきても美味しいご飯を提供できるだろう。

そして明日の試食会を迎えるに当たり、ブリの加護も手に入れた。

きっと上手くいく。みんなで作った美味しいコンソメ煮だ。評判もいいに違いない。

不意に、遠くからどんと響くような音が聞こえてきた。函館港で祭りの初日を知らせる花火大会が始まったのだろう。例年通りならそれほど気にしない花火の音に、少しだけ気分がそわそわしてくる。

明日、頑張ろう。

八月二日、俺は午後二時前に家を出た。

本日は港まつりへの参加につき、開発課員は変則シフトとなっている。帰宅は日付が変わる前くらいになりそうだ。お祭りだから仕方あるまい。

外へ出ると、降り注ぐ夏の陽射しの下にちょうど隣家の林さんご夫妻がいた。浴衣《ゆかた》姿の奥さんが出かけていくところのようで、俺に気付くと笑顔で頭を下げてくる。手を振って見送っていた旦那さんは、振り返ってやはり目を細めた。

「おお佑樹くん、こんにちは」

「こんにちは」

林さんは俺の服装を見て――白いポロシャツにスラックスという祭りとは無縁そうなクールビズスタイルに、少しだけ怪訝そうにする。

「君もお祭りに行くのかい？」

「はい。仕事で行くので、この服装です。職場で試食会のブースを出すもので」

クールビズとは言うもののフルレングスだし普通に暑い。しかも試食会では全員上に山谷水産の法被を羽織ることになっているため、せめて水分補給を怠らないようにと課長命令が下っている。

「へえ、暑いのに大変だねえ」

感心したように一礼した林さんが、照れながら続けた。

「うちもお祭りに行くんだよ。妻が駅前の方のパレードに出るのでね」

「ああ、今年も踊られるんですね」

港まつりでは函館市役所から函館駅前を通り松風町の辺りまで、あるいはオーシャンスタジアムのある千代台《ちよがだい》から五稜郭までが歩行者天国となり、その路上を踊りながら歩くという市民参加のパレードが行われる。うちの母も何度か町内会チームの一員として参加していたし、林さんの奥さんも毎年出ていたはずだ。父に手を引かれて母の勇姿を見に行ったこともあったが、あの頃は背も小さかったたし、人混みがすごくてあまりよく見えなかったのを覚えている。

「パレードも仕事でなければ見に行ったのですが、残念です」

俺たち開発課は大門にあるはこだてグリーンプラザに出店することになっていた。グリーンプラザは電車通りを挟んで左右に伸びる細長い広場であり、パレードはちょうどそこを突き抜けるように通過するのだが、さすがに観ている暇はなさそうだ。休憩時間もあるにはあるが、そのタイミングで都合よく林さんたち町内会が通るとも限らない。

「佑樹くんの分も私が見ておくよ。写真も撮るつもりだし」

林さんは見えないカメラを指で掲げて、シャッターを切る真似をする。

「あとで見てやってくれ、妻も喜ぶから」

「はい、是非。では行って参ります」

「行ってらっしゃい。まだまだ暑いから、気をつけて」

今日の気温は三十度を超えたそうで、函館では珍しい真夏日になっていた。林さんに見送られ、焦げつきそうな太陽の光を背負いつつ歩き出す。

電車道路まで出ると、ちょうど電飾を点けた花電車が二両連《つら》なり湯の川方面へ走り抜けていくところだった。お馴染みの『函館音頭』を鳴らしながらゆっくりと走る電車は、港まつりの開催を知らせて七月頃から動いている。まるで街中を祭りへ駆り立てているようだ。俺ですら気分が不思議と高揚してくる。

花電車が通り過ぎたのを見届けて、俺も電停に立った。この日は電車も特別ダイヤだが、幸いにして松風町までは走ってくれた。

函館港まつりの歴史は古く、第一回の開催は戦前にまで遡る。

かつて函館の街は恐ろしい大火に見舞われた。元々風が強い土地ということもあり、住宅から発生した火は瞬く間に周辺へ燃え広がり、市街の三分の一を焼失する大惨事になったという。市内にはところどころにその名残があり、例えば西部地区に多くある海に向かって真っ直ぐ下っていく坂はどれも道幅が広く、防火線の役割を果たしていた。また同じように街中を縦横に伸びる緑地帯も、やはり防火のために導入されたものだ。

俺たちが今いるはこだてグリーンプラザもその一つで、函館駅前のいわゆる大門エリアを横に貫く細長い広場は石畳で整備され、周囲には街路樹が植えられている。公園としての設備もあり、遊具や公衆トイレなどもある憩いの場所だが、本日はここに露店が軒を連ね、ひときわ賑わいを見せていた。

俺たち開発課四名は山谷水産の名前が入った黄色い法被を身にまとい、新商品であるブリのコンソメ煮の試食会に臨んでいる。地元漁協との共同出展であり、すぐ横では新鮮な海鮮の網焼きが美味しそうな煙を上げている中での配布だったから、食欲を刺激されてか試食品を受け取る人は後を絶たなかった。

「お蔭様で大盛況だよ。漁協さまさまだね」

加賀課長は嬉しそうに次々と缶詰を開けている。金色の缶に貼られたラベルにはリアルタッチなブリのイラストと共に、正式な商品名である『いろいろ使える！　ブリのコンソメ煮』という文字が記されていた。

「評判も悪くないですしね」

小野寺さんの言う通り、試食した人たちからいただけた感想は概ね好評寄りだ。ブリ自体をあまり食べたことがない、食べないという人も多かったが、コンソメ煮は食べやすく、美味しいと絶賛されている。いろんな料理に使えることを伝えると興味を持ってくれる方もいて、試食後のアンケートも答えてくださる方が大勢いた。

「これって、このままお米と一緒に炊飯すればいいんですか？」

お客様にそう聞かれて、中濱さんは笑顔で答える。

「はい！　缶詰だけでも美味しいピラフにできますし、もちろんたくさん具を入れてもいいですよ。私のお勧めはマッシュルームとコーンです」

確かに美味しそうなので、俺もしっかり覚えておくことにした。

俺もコンソメ煮については語れるレシピがある。昨日作ったブリパエリアは、この缶詰でも作ることができるのだ。要は味つけとブリの下拵えを終えている状態なので、米や具材と一緒に、フライパンで炊き込めばいい。

「パエリアもお薦めですよ。野菜とお米を一緒に炒めて、この缶詰の汁ごと混ぜたら蓋をして加熱するだけです」

一度作ったメニューだと自信を持って語れるのが嬉しい。料理をやっていてよかった。

グリーンプラザ内には他にもたくさんの出店があり、商店街によるビアガーデンもあり、傍の電車道路をパレードが進んでいくのでとても賑やかだ。音楽と人のざわめきと足音、そして楽しそうな笑い声で辺りはいっぱいだった。

函館の港まつりは昭和初期に起きた大火の、一年後に始まったものだ。生き残った人の心を慰め、元気づけるために、そして亡くなってしまった人の魂の安らぎを願うために開かれた。お盆も近いこの時期に、過去を思い、未来に希望を持つための儀式みたいなものだろう。

立ち並ぶ露店の間を歩いていく人たちはみんないい笑顔だ。誰も彼もが幸せそうだった。夏祭りらしく浴衣を着た人も数えきれないほどいて、なんだか別世界を見ているようだと思う。

「パパ！」

すぐ傍で小さな子供の声がして、なんとはなしに振り返った。

うちの露店の前に小野寺さんの奥さんとお子さん——お揃いの甚兵衛を着て、一人は抱っこ紐で抱えられ、もう一人はお母さんに手を引かれて、どちらも小野寺さんを真っ直ぐ見ている。

たちまち小野寺さんも相好《そうごう》を崩して、ご家族に手を振っていた。

「来てくれたのか。食べてくか？」

「どうしよう。私は試食でもう食べたからなあ」

奥さんがころころ笑い、上のお子さんの方が会話に構わず両手を差し出す。

「パパ、抱っこ、抱っこ」

「ああ……ごめん、パパは仕事中なんだよ。抱っこは帰ってからね」

宥《なだ》めるように小野寺さんは言ったが、三歳の子にそんな言葉が届くはずもない。たちまち表情がくしゃっと歪んでぐずるような声を漏らし始める。

「ほら、向こうで何か食べよう。お腹空いたでしょ？」

小野寺さんの奥さんがそう呼びかけても指をしゃぶって俯《うつむ》くだけだ。

ちょうど手が空いていたから、俺はそこで声を掛ける。

「今なら大丈夫ですよ、一瞬抱っこしてくるくらいなら」

「え？　でも――」

一応は勤務中なので小野寺さんはためらいかけたが、聞きつけたらしい加賀課長がすぐさまこちらを向いて頷く。

「そうそう、今がチャンスだよ！　お祭りなんだから家族サービスも大事！」

それで小野寺さんはほっとしたようにお子さんを抱え上げ、泣き出す寸前だったお子さんの顔には見違えるような笑顔が戻った。きゃっきゃと笑いながら俺たちの顔を見下ろしている。

「ナイスフォローだね」

俺の法被の袖をそっとつまんで、中濱さんが囁いてきた。

「ありがとうございます」

褒められたくてしたことではないが、褒められるとやはり嬉しい。俺が頭を下げると中濱さんはにこっとして、それから小野寺さんご一家に温かい眼差しを向ける。

「小野寺さんって理想のお父さんって感じがするよね」

「俺もそう思います」

まだ三ヶ月と少しの付き合いではあるが、それでも小野寺さんがいかに優しく温かいお父さんであるかは十分目の当たりにした。中濱さんの言葉に異論はない。

ただ張り合うつもりはないものの、うちの父も父親として理想的な人物であると思っている。あれほど器の大きな人はなかなかいないだろう。声高に唱えるつもりはなくても誇っていたい。

「いいなあ、家族って」

中濱さんはしみじみと、噛み締めるように呟いた。

大勢の人でざわめくグリーンプラザ内では、恐らく俺にしか聞こえなかっただろう。

午後七時を過ぎた頃、ようやく休憩に入ることができた。

交替でさっと夕飯を食べるだけなので猶予は三十分だけだ。周囲には美味しそうな露店がたくさん出ていたが買いに行く暇もないし、グリーンプラザ内は座って食べるスペースもないほど混み合っている。それで仕方なく、試食配布を行っている裏の、漁協の天幕の隅の方で急いで食べることにした。

小さな折り畳みテーブルを挟んで、一緒に休憩に入った中濱さんと向かい合って座る。天幕の縁をぐるりと囲むみたいに電球が点っていて、仕事中は気にならなかったが腰を下ろすとやや眩しい。少し離れた道路の方からパレードの音楽が聴こえてきて、祭りの真っ只中にいるなと改めて実感した。

「あ、それ。もしかしてパエリア？」

俺が取り出したおにぎりの包みを見て、中濱さんが目を見開く。

透明なラップに包んだご飯にはパプリカやピーマン、トマトといった具が一緒に握られていた。昨夜作ったパエリアがとても気に入ったので、今朝また改めて作り、三角に握って持ってきたのだ。保冷剤を添えたお蔭でひんやり冷たいパエリアおにぎりになっていた。

「そうです。イチイさんのレシピで作りました」

「私も前に作ったよ。美味しいよね、ブリパエリア」

「ええ。しかも思った以上に簡単でした」

パエリアという異国の料理に身構えてしまったが、作ってしまえばなんのことはない。米の食べ方は万国共通、手順はどうあれ最終的には炊けばいいのだ。そうすれば絶対に美味しいのだとわかった。

冷えたパエリアおにぎりを早速食べる。冷たくなった米にも具材やコンソメの旨味、そしてサフランの不思議な香りがしっかりと残っていて十分に美味しかった。お焦げの部分もしっかり混ざっていて、時間が経っても香ばしいのがいい。ここだけちょっと味が濃い目なのもポイントだろう。

添えたおかずも同じくスパニッシュオムレツだ。焼きたてはふわふわしていて当然なのだが、冷やしておいたのにふんわり柔らかな食感を保っているのには驚いた。中にぎっしり入ったジャガイモは食べ応えがあって、卵のしょっぱさとトマトの酸味が冷たくてもしっかり感じられる。

「オムレツも作ったんだね、美味しくできた？」

「はい。イチイさんのレシピに間違いはないですね」

「一口ちょうだい。私も何かあげるから、ほら」

そう言って、中濱さんは自らのお弁当箱を傾けてみせる。

いつもと同じパステルブルーにマーブル模様のお弁当箱には、くるっと丸めたロールサンドが詰められていた。薄い食パンにウインナーやハム、卵、小倉あんなどを挟んで巻いている。

「どれも美味しそうですね」

俺がどの味を選ぶか思わず迷うと、小さく笑われた。

「ありがとう。今日は自分のお弁当だけだから、好きなものだけにしたの」

「——今日は、ですか？」

文脈が理解できずに聞き返した俺の前で、彼女ははっとしてから答える。

「あ、私ね。いつもは母の分も一緒に作ってるの」

「そうなんですか」

「母は好き嫌いこそないんだけど、年も年だから。入れられないおかずも多くて、分けて作ったりもするけど面倒なこともあって……だから自分だけのお弁当の時はちょっと楽なんだ」

中濱さんはなんでもないことのように語ったが、二人分のお弁当を作るというのは大変なことだと思うし、おかずを分けて作るのもやはり難儀だろう。自分一人のお弁当だけで満足している俺からすると尊敬しかない。中濱さんは母親想いの人だ。

「素晴らしいですね、中濱さん。俺にはとても真似ができないです」

「やだな、褒めすぎ」

はにかむ中濱さんから、せっかくなので小倉あんのロールサンドをいただく。暑さと接客で疲れていたので、甘いものが欲しくなっていたのだ。

「それ、あんバターサンド。美味しいよ」

「楽しみです。いただきます」

見守られながら、巻物のように丸められロールサンドにかぶりつく。食べた瞬間から小倉あんの上品な甘みとバターのしょっぱさが口の中に広がり、いいものを食べているなとしみじみ思う。

「身体に染み入る美味しさですね」

俺がそう漏らすと、今度は声を立てて笑われた。

「草壁くんは大げさだね。私もオムレツ貰うよ」

「どうぞどうぞ」

「いただきます」

中濱さんは細い指先で四角いオムレツを一切れつまみ、ひょいっと食べる。そしてよく味わってから満足そうに頷いた。

「これもあのレシピで作ったんだよね？」

「ええ、イチイさんのレシピです」

「卵はふわふわだし、ジャガイモは甘くて美味しいし、トマトがいっぱい入ってるのもいいね。私もまた作りたくなっちゃった」

お弁当の先輩でもある中濱さんから褒められると光栄だ。俺は貰ったあんバターサンドを味わいながら、幸せと共に噛み締める。

俺たちが休憩に入っている間にも、試食会にはひっきりなしにお客様が訪れていた。加賀課長と小野寺さんが忙しそうに働く背中を見つつの夕飯は、やむを得ないことだが少し落ち着かない。

ちらりとそちらを窺い見た時、中濱さんが話しかけてきた。

「そういえば草壁くん、昨日の花火大会行った？」

港まつりの初日はいつも、函館港で開かれる花火大会と決まっている。雨天の場合は順延するので初日ではない年もあるのだが、多少の曇天なら開催されるのでやはり大事なイベントなのだろう。

「昨日は朝からブリ釣りに出かけていたので、花火は家で音だけ聞きました」

そう答えると笑いを堪えるような顔をされた。

「え、音だけ？　それでいいものなの、草壁くん的には」

「十分楽しめました。中濱さんは行かれたんですか？」

「私も行ってない。一緒に行く相手もいないしね」

溜息交じりに答えた中濱さんが、寂しそうに続ける。

「というか恥ずかしい話、休みの日に遊ぶ友達がいなくて。みんな地元を離れているから」

「ああ、それは、俺もそうです」

高校時代の友人で地元に残っている者はゼロだ。大学でできた友人知人も、函館キャンパスに通ったからといって函館で就職しようとする者はなかなかいなかった。函館は景色が美しく、食べ物は美味しく、夏は涼しくて雪も道内の他の地域ほどは多くない。住みよい街だと思うのだが、それは故郷ゆえのひいき目なのだろうか。

観光客が毎年何百万人とやってくる函館市だが、人口は減少が続いており、過疎地域に指定されている。俺がここに残った一番の理由は、両親に恩返しがしたかったからだ。俺だって就職先が見つからなければ地元を離れていたかもしれない。そして今は両親の方が故郷を離れてしまっている。

「自分で決めたんだけどね、函館で働くって。でも休みの日に一人でいると、みんなみたいに札幌や東京行ってたらどうだったのかな、なんて考えちゃうことあるよ」

そう言うからには中濱さんも函館に残った理由があるのだろう。お母さんのためなのかもな、と漠然とながら思う。彼女は母親の話をよくするが、父親の話をしたことはなかった。

ともあれその口ぶりが実に寂しげだったので、俺はここぞとばかりに持ちかける。

「では今度、暇な時にでも、一緒に遊びに行きませんか」

なるべく何気なく誘ってみたつもりだったが、中濱さんはまるでフリーズしたように目を見開いたまま止まった。

寂しそうだったからとはいえ、職場のお世話になっている先輩に対し、あまりにも気安い振る舞いだったかもしれない。もっとも口に出した言葉は当然ながら取り消せない。断られるのを覚悟しかけた時、中濱さんは屈託なく顔を綻ばせた。

「いいね。どこ行く？」

天幕の縁にぶら下がる電球の光が、中濱さんの瞳にも点ったように輝いている。

むしろ俺の方が思いがけず、その先のことを何も考えていなかったことに今更気付いた。

「ええと……」

「そうだ、さっきブリ釣りに行ったたって言ったじゃない？　私、ブリって釣ったことないんだ。というより釣りなんて乗船実習以来してなくて。よかったらレクチャーしてくれない？」

それは俺にとってまたとない打診だ。得意分野だった。

「もちろんです。お任せください」

力いっぱい頷けば、中濱さんも嬉しそうに声を弾ませる。

「やった。じゃあ仕事が落ち着いたら……ブリっていつ頃まで釣れるんだっけ？」

「八月中旬までが最盛期ですが、秋の間なら問題なく釣れるそうですよ」

「なら大丈夫だね。都合つけて、一緒に行こう」

そう言うと彼女は念を押すように、声を潜めて付け加えた。

「約束したからね」

パレードの音楽と人々のざわめき、祭りの賑々しさの中で、中濱さんの声ははっきりとは聞こえない。しかし唇の動きだけで何を言ったかわかったし、直後に見せた笑顔もまた、印象深かった。

三十分間の休憩は短すぎて、その後はそれ以上予定を詰めることもできなかった。だがそわそわするような気持ちは休憩後も残っていて、祭りの雰囲気にすっかり飲まれてしまったなと思う。

ただそれでも、試食会自体は成功と言ってよかった。『ブリのコンソメ煮』の好評を受け、八月中の販売も無事に決まっている。俺たちは集めた感想などをまとめ、本格販売への準備を進めることにした。

『いろいろ使える！　ブリのコンソメ煮』発売開始に当たり、開発課にはまだいくつかのやるべきことが残されていた。

まずは試食会でのアンケートの集計だ。記入していただいたアンケート用紙からご意見をまとめ、その回答をＰＯＰパネルとして作成し、販売時に売り場で掲示してもらうことになっている。ＰＯＰのデザインや発注、それ以外にも簡単な調理方法をまとめたレシピブックの作成などを、実際に小売店へ売り込む営業課と共同で進めた。

「ブリは和食のイメージがまだまだ強いですからね。これで洋食にも使え、しかも簡単で美味しいと知られれば手に取ってもらえる機会が増えると思います」

販売戦略会議では、営業課の方にそう太鼓判を押してもらえた。俺たちの仕事がようやく報《むく》われる日がやってきたようだ。

やるべきことはもう一つある。試食会を無事に終え、コンソメ煮缶が発売となった今、開発課は打ち上げをしなければならなかった。

「この夏は散々働いたもの。ぱーっと飲まなきゃやってられないっしょ！」

加賀課長はそう言うと、俺に対して厳《おごそ》かに言い放つ。

「そういうわけで草壁くん、打ち上げの幹事は君に任せた」

「かしこまりました」

頷く俺に、すかさず中濱さんが言ってくれた。

「幹事やったことある？　わからないことがあったら先輩にいつでも聞いてね」

「ありがとうございます」

一応、学生時代にゼミで行われた飲み会の幹事をしたことがある。お酒を飲まない俺に幹事が回ってきた理由は、そうでもないと出席すらしないだろうと思われていたからだそうだ。実際、飲まないせいで居酒屋をほとんど知らなかった俺は、父や母から評判のいい店を教わって事なきを得た。教えてもらった店は参加者にも好評で、教授からも『さすが地元民』とお褒めの言葉をいただいている。

しかし今回、お店選びで難航することはない。なぜなら既に決まっているからだ。

『――はい、小料理屋はたがみでございます』

「お世話になっております。山谷水産開発課の草壁と申します」

早速、俺は播上さんのお店に電話を掛ける。今週末に打ち上げをしたいので予約をしたい旨を告げると、播上さんは大いに喜んでくれた。

『ご予約ありがとうございます。ご連絡いただけて嬉しいです』

「こちらとしても播上さんのお料理がまた味わえるので楽しみです。以前の甘露煮ラザニアは、課内でも大変評判でして」

そういう話の流れで初めて知ったのだが、実は播上さんは『小料理屋はたがみ』の店主ではなかったようだ。ご両親のお店で播上さんも共に働いているそうで、夜間はお父さんと共に厨房に立つとのことだった。

「私はてっきり、播上さんが店長さんなのかと思っておりました」

正直に打ち明けたら、電話の向こうで穏やかな笑い声がする。

『父に話したら、さすがにまだまだだと言われそうです』

その口ぶりからは、親子関係の良好さも確かに窺えた。両親と同じ職場で共に働くというのはどんな気分なのだろう。俺にはちょっと想像がつかない。

ともあれ俺は打ち上げの日時、参加人数やおおよその予算を伝えた。参加者は開発課四名に加えて加賀課長の旦那さんと息子さん、小野寺さんの奥さんとお子さん二人の合わせて九名だ。お花見の時もそうだが、飲み会にご家族が参加することがあるのは面白いなと思う。

「この通りの大所帯ですが、何卒よろしくお願いいたします」

そう告げると播上さんはまた笑い、頼もしい口調で続けた。

『当店も四人でやっておりますし、お任せください。一同で心よりおもてなしいたします』

四人、なのか。播上さんとご両親と――もう一人は従業員だろうか。ランチタイムのお弁当販売では播上さんしかお見かけしたことがなかったから、その言葉にも少し驚く。

夜の時間帯に『小料理屋はたがみ』へ伺うのは初めてだ。小料理屋というお店で食事をするのも初めてのことだから、俺は打ち上げの日を非常に楽しみにしていた。

打ち上げの日、俺は存分にお腹を空かせた状態で『小料理屋はたがみ』へ向かった。

通されたのは小上がりで、長方形のテーブルを二つくっつけた席を出席者九名で囲む。上座も下座もなく適当に座って、と加賀課長が指示したので、着いた順にぞろぞろ座ることになった。俺は一番奥の角寄りの席で、隣に中濱さんが座る。その更に隣に加賀課長ご一家が座り、テーブルを挟んで真向かいの席には小野寺さんご一家が着いた。

「いらっしゃいませ。本日はお越しいただきありがとうございます」

播上さんがテーブルに来て、そうご挨拶をしてくださる。

店内には他に播上さんのご両親がいて、お父様はカウンター向こうの厨房で包丁を振るっていた。昔の映画俳優のような、渋くて格好いい人だ。うちの父は『俺にも渋さが欲しい』と常々言っていたので、見たらきっと羨ましがるに違いない。

播上さんのお母様は小柄な人で、そして接客業らしくにこにこと大変愛想のいい方だ。俺たちが山谷水産だと聞き、配膳に来た時には嬉しそうに話しかけてくれた。

「山谷水産さんの缶詰、いつも買っております。非常食にストックもしているんですよ」

「本当ですか？　ありがとうございます」

加賀課長はそれにうきうきと応じる。

「新商品のブリの缶詰もよろしければ是非。我々の自信作なんです」

すると播上さんのお母様は気がついたように顔を明るくした。

「あら、甘露煮の他にも出るんですか？　うちの息子がいろいろやってたみたいですけど」

「播上さんには、その節はお世話になりました」

すかさず俺も頭を下げる。

「ご協力いただいたお蔭で新商品のアイディアも浮かびました。本当にありがとうございます」

甘露煮をラザニアにするという発想から、ブリを洋食として食べるのはどうだろうかとなり、この度のコンソメ煮も生まれたのだ。播上さんのアレンジレシピがあったからこそ、その結論に辿《たど》り着けた。

「お役に立てて何よりです」

播上さんのお母さんは微笑むと、まるで寄り添うような口調で続ける。

「うちの店でもブリを扱うようになったんですけどね、やっぱり北海道に来てまでブリを食べたいって方はまだ多くなくて。山谷水産さんのお品物を機に、北海道のブリも美味しいって広まったらいいですよね」

ブランドとして北海道産のブリはまだ根づく前の段階だ。是非その美味しさを観光客の皆さんにも、そしてもちろん地元の皆さんにも知ってもらって、名産品の一つとして広まって欲しい。改めてそう思う。

　俺たちが揃って頷いたところで、播上さんのお母様が後ろを振り返った。お父様が何か合図をして、頷いてから俺たちに笑ってみせる。

「ちょうどお刺身が仕上がりましたので、お持ちしますね」

　それから運ばれてきた舟盛りには、新鮮な海の幸がたっぷりと載せられていた。この時期にこそ食べられるイカ刺しはまだ透き通っていてぱりぱりだ。ホッキ貝やホタテは肉厚でつやがあり、食べ応えもありそうだった。

　そして舟盛りのメインを張るのはブリだ。程よい脂乗りのブリはお店の照明の下でひときわ光って見えていた。今日までさんざんブリを調理しては試食してきたが、刺身でいただくのも間違いなく美味しいだろう。

「じゃ、乾杯しますか！」

　加賀課長の音頭でめいめいがグラスを掲げる。ビールを飲んでいるのは課長夫妻と中濱さんだけで、あとは俺も含めて全員ソフトドリンクだ。小野寺さんの上のお子さんが真似するようにジュース入りのマグカップを持ち上げる。俺も、烏龍茶入りのグラスで応じた。

乾杯の後は畏《かしこ》まった挨拶もなく、そのまま食事へと移行する。打ち上げだからといって仕事の話は誰もしたがらず、むしろ美味しい料理に舌鼓《したつづみ》を打つことに忙しかった。

「こんな日に仕事どうこうなんて野暮でしょ。食べて飲んで楽しんで！」

真っ先にビールを飲み干した加賀課長がそう言うので、俺としても異論はない。

「草壁くん、ブリすごく美味しいよ。食べなよ」

中濱さんはお刺身を肴《さかな》にビールを楽しんでいるようだ。早くも頬をほんのり染めて、楽しげに勧めてくる。

「いただきます」

俺が一切れ箸で取り、口に運ぶところをじっと見守ってくるのも酔っているからかもしれない。

見つめられながら食べたブリの味は、確かにとても美味しかった。とろけるような脂はそれでいてしつこさがなく、口当たりもすごくいい。回遊魚ならではの身の締まりもあって、刺身で食べると格別だった。

「やはり長旅をしてくる魚は歯ざわりがいいですね」

そう感想を述べると、中濱さんはうんうんと頷く。

「故郷に帰らないでこんなところにいるから捕まっちゃって、ちょっとかわいそうだけどね」

テーブルの上には刺身以外にもいろんなメニューが並んでいた。夏野菜の天ぷらやツブ貝のつぼ焼き、輪切りにされたイカの丸焼きに生ホッケの塩焼きもある。小鉢も新鮮な魚介類が多く、ブリとアボカドのマリネはさっぱりしていて揚げ物の後にぴったりだったし、イカの塩辛もワタの味が感じられて、コクがあって美味しい。

今日初めてお会いした加賀課長の息子さんは、嬉しそうに鶏ザンギを食べている。現在中学生だそうで、この場にやって来た時にはいささか居心地悪そうにしていたが、今は食事を楽しんでいる様子だった。

「あんたが来たがってたお店だよ。しっかり味わいなね」

「うん」

母親の言葉にちょっとだけ笑った顔は、課長によく似ているようだ。

小野寺さんの上のお子さんは特別に握ってもらったおにぎりを頬張っている。小さな俵型のおにぎりを両手でしっかり持っていて、ぷくぷくの頬にはご飯粒がついていた。それを小野寺さんが丁寧に取ってあげている。

下のお子さんは離乳食の真っ最中だそうで、ほぐしたホッケを載せた柔らかいご飯や、茹でたニンジン、ジャガイモなどを出してもらっていた。びっくりするほど小さな手でスプーンを握り、それでも上手に食べている。母親に暖かく見守られながら食べる顔は心なしか得意げだ。

「ほらほら、零さないように」

職場の飲み会感は薄いが、こういうのも和やかで悪くない。穏やかな気分で俺が烏龍茶を呷《あお》ると、ちょうど隣で中濱さんもビールのジョッキを空にしていた。

「あ、草壁くんもグラス空じゃない。一緒にお替わり頼もうよ」

そう言うと中濱さんは俺の分まで注文をしてくれて、程なくして薄い黄緑色の茶衣着をまとった女性がこちらのテーブルへやってくる。

「お待たせしました。烏龍茶と中ジョッキでございます」

ショートボブの髪を耳に掛けた若い女性だった。俺より少し年上くらいに見えるが、笑顔が朗《ほが》らかで愛嬌のある人だ。四人目の従業員とは間違いなくこの人だろう。

播上さんとは雰囲気が違うが、妹さんだったりするのだろうか。怪訝に思いながら烏龍茶を受け取ると、彼女が立ち去った後で中濱さんが教えてくれた。

「あの方、播上さんの奥様だよ」

「えっ」

播上さんが既婚者だとは初耳だ。お会いした時には指輪をしていなかったから想像もしなかったが、考えてみれば料理をするなら衛生上は指輪を外すものだろう。

そうか、播上さんに奥様がいるのか。それなら『お弁当を作っていた』というご家族はこの人ということになるのかもしれない。

中濱さんは奥様とも顔見知りのようで、次に配膳に来た時には親しげに話しかけていた。

「お身体の調子はいかがですか？」

それで奥様は嬉しそうな顔をする。

「ええ、お蔭様でとても元気です。もう一ヶ月くらいは働くつもりです」

「わあ……すごいですね。元気なお子さんが生まれますように」

その言葉で初めて気付いたが、奥様がしている紺色の前掛けの上部が、目で見てわかるくらい膨らんでいた。ほっそりした手足とは対照的に、お腹は丸みを帯びている。

「ご懐妊《かいにん》されているんですね」

後から中濱さんに尋ねると、彼女は大きく頷いた。

「前に私が伺った時――ええと、四月だったかな？　その時はつわりで寝込んでいらっしゃるって話だったから心配してたんだ。でもお元気になったみたいで本当によかった」

それで俺が訪ねた時にもお会いできなかったのか。納得したと同時に、もう一つ浮かび上がってきた予感があった。

播上さんが奥様のためにお弁当を作っていたのなら、そのメニューは健康的で消化のいいものにするはずだ。

イチイさんの作るお弁当に揚げ物はない。それが家族のために健康に気を遣ったメニューにしたからだというなら、やはりイチイさんは播上さんなのかもしれない。

「本日はありがとうございました」

お会計の後、播上さんに頭を下げられたのでこちらも深く下げ返す。

「こちらこそありがとうございます、ごちそうさまでした」

「とっても美味しかったです」

中濱さんが続けると、播上さんの奥様がとびきりの笑顔を見せてくれた。

「季節ごとにメニューも変わります。秋は戸井《とい》のマグロやイクラなどもご用意いたしますので、また是非ご来店ください！」

そう言われるとまた来たくなる。もっとも俺はお酒を飲まないので、さすがに一人で来るのは悪いだろう。

見送られながら店の外へ出ると、既にとっぷり暮れていた。加賀課長ご一家はタクシーで、小野寺さんご一家はマイカーで、それぞれ一足先に帰途に就いている。俺は幹事なので後に残って会計を担当したまでだ。

中濱さんはと言えば、

「私、電車で帰るから。一人で夜道を歩くのはさすがに心配じゃない？」

とのことで、同じく電車で帰る俺を待っていてくれた。確かに外はもう真っ暗だし、観光客の多い時期とはいえ女性の一人歩きは勧められない。『小料理屋はたがみ』は湯の川温泉電停から目と鼻の先ではあったものの、一緒に帰ることにした。

八月でも陽が落ちると気温は下がり、その分過ごしやすい夜だった。海が近いから風があり、半袖の剝き出しの腕に少し肌寒く感じる。俺が首を竦めると、中濱さんは心配そうにする。

「あれ？　草壁くん寒いの？」

「少しだけ。中濱さんは平気ですか？」

「全然大丈夫。むしろ今夜は暑いくらいだよ」

そう語る中濱さんの顔は街灯の明かりでもわかるくらい赤い。ビールをジョッキで三杯は飲んでいるはずで、そこそこ酔っているようだ。それでも足取りはしっかりと、俺の隣を歩いている。

「いいお天気でよかったね」

「そうですね」

頭上には夏の夜空が広がっていた。ペルセウス座流星群の時期がもう間近に迫っていたが、さすがに目につく流れ星はない。辺りに遮るような高い建物がないから、北の空に浮かぶ北斗七星《ほくとしちせい》のひしゃくの形がはっきり見えた。

「ああ、電車行っちゃった」

中濱さんの言葉に視線を下げると、目の前を路面電車が駒場《こまば》車庫方面へと走り抜けていくところだ。

「夜だから少し待つかもしれませんね」

日中こそ十分おきくらいにやってくる市電だが、夜になると本数は減る。湯の川方面からの終電は午後十一時だがそれも駒場車庫までで、五稜郭や函館駅前まで向かうつもりなら十時前には乗らないと辿り着けない。俺の家がある深堀町も駒場車庫より向こうにあるから、乗るなら谷地頭行きか函館どつく前行きだ。

幸いにも現在は午後九時を過ぎたところで、時刻表を見るにあと二十分も待てば次の便がやってくるようだった。俺たちは電停に並んで立ち、庇の下で電車を待つ。他に人はおらず、線路を挟んで向かい側、終点湯の川行きの電停にも誰もいなかった。温泉街の明るさとは対照的な、やや物寂しい風景だ。

「やっぱり一人じゃなくてよかった」

中濱さんがぽつりと呟き、俺を見上げる。

「また怖くなってたかもしれないし……草壁くんがいてくれてよかった」

「中濱さんのお役に立てて光栄です」

そう応じたら、くすっと笑われた。

「いつも大げさな言い方するよね」

「大げさでしょうか？　俺は本当にそう思っているのですが」

「疑ってるわけじゃないよ。ちょっと、びっくりするだけ」

車道を行く車の量は週末だからかやや多い。車が通る度にヘッドライトの光が、辺りを薙《な》ぐように流れ過ぎていく。函館市電の電停はそんな車道の中央にあるから、まるで川の中州に取り残されたような気持ちになる。

「でも草壁くんは、そういうところがいいと思うな」

ふと中濱さんがそう言った。

俺がその意味を尋ねようと見返せば、酔いのせいか潤んだ目を向けてくる。

「言葉に嘘がないっていうか……全部真剣で、冗談でもお世辞でもない気がするから」

「ありがとうございます。自分でも嘘はつかない方だと思っております」

正直に言ったのだが、それは中濱さんに信じてもらえなかったようだ。疑わしげに笑われた。

「本当？　嘘つかないの？」

「ええ」

「じゃあ、何聞いても正直に答えてくれる？」

「差し支えない内容でしたら」

キャッシュカードの暗証番号などは聞かれても答えられないが、中濱さんはそんなことを聞くような人ではない。そう信じて答えれば、彼女は一度視線を宙に彷徨わせた後で溜息をついた。

「やっぱり、いいや」

何か聞きたいことがあったようだが、ためらっているようにも見える。

俺としても促していいものかわからず、とりあえず頷いておいた。それきり中濱さんは気まずそうに黙ってしまったので、ここぞとばかりに切り出してみる。

「実は、中濱さんにお話ししたいと思っていたことがあるんです」

途端に勢いよく顔を上げた中濱さんが、驚いたように目を見開いた。

「わ……私に？」

「はい。聞いていただけますか」

「う、うん」

了承しつつもどこか困ったように、彼女は辺りに視線を走らせる。だがやがて覚悟が決まった様子で、ゆっくりと俺の方を向いた。

「話って、何？」

信号停止で辺りが車のエンジン音だらけになる。

俺はその信号が変わり、車がスムーズに流れ出してから口を開いた。

「他でもない、イチイさんのことです」

中濱さんがもう一度目を見開き、しばらく瞬きを止める。一旦視線を外し、何か考え込むようにした後でなぜか眉間に皺を寄せた。

「え？」

「ですから、イチイさんの件で聞いていただきたいことがあるんです」

「……そう」

どこか脱力したように肩を落とす中濱さんを、俺は不思議な思いで見下ろす。

「どうしました？」

「ううん、思ってたのと違っただけ」

かぶりを振った中濱さんが、仕切り直すように息をつく。

「それで、イチイさんがどうかしたの？」

彼女がどう思っていたのかも気になるところだが、聞かれたので話を進めることにした。

「俺はイチイさんの正体が、播上さんではないかと思うんです」

次の瞬間、中濱さんは先程よりも素早く面《おもて》を上げる。

そしてたちまち表情を強張らせた。

「播上さんが？　まさか……」

「俺も確信とまではいかないのですが、共通点が多いと感じました」

「共通点って、どんな？」

「まず、北海道の人であること。イチイさんが道民だというのは食材からしてまず間違いないと思うんです。以前イチイさんが作っていらしたホッケのカレームニエルですが、生ホッケは北海道でしかまず手に入りませんから」

本州以南の人であるなら、よほど特殊な入手ルートがある人ということになる。

「それから、イチイさんは揚げ物を作りません。最初はシンプルなメニューを好んでいるからだと思ったのですが、もしかすると妊娠中である奥様のためだったのではと……」

イチイさんはもちろん料理上手だし、いかに難易度の高い揚げ物とはいえ作れないはずがないだろう。だからあえて作っていないのだと思った。お弁当を作る相手のことを思って。

「そして、『小料理屋はたがみ』の前にイチイの生垣がありました。イチイは道内ならどこにでもある樹木ですが、ハンドルネームとするにはそれなりの理由があると考えたんです」

播上さんにとって、ご両親が営むあの小料理店は大切なものに違いない。そんなお店の前にある生垣の木をハンドルネームにしたと結びつけるのは、そこまでおかしな話でもないだろう。

「中濱さんも以前仰ってましたよね、イチイさんは男性だろうと。俺はその根拠を見つけられたわけではないのですが、もしそれが事実なら、あのラザニアを生み出した播上さんがイチイさんであっても不思議ではない気がするんです」

俺がそう言い切ると、中濱さんはまるで考え込むように俯いた。長い睫毛を伏せたまましばらく黙っていたが、やがてこちらを見て苦笑を浮かべる。

「どうかなあ。播上さんは確かにお料理上手だし、もしかすると草壁くんの見込み、正しいのかもしれないけど……」

「中濱さんもそう思われますか？」

「でも確証はないんでしょ？　だったらそう言い切るのは尚早《しょうそう》かもね」

確かに、絶対に播上さんがイチイさんだとは断言できない。そこまでの根拠は揃っていなかった。

ただ、播上さんだったら嬉しいとは思っている。今日までお世話になったイチイさんに対し、直接お礼を申し上げる機会があるだろうからだ。

「そもそも、そんなに知りたい？　イチイさんがどんな人かって」

俺の胸の内を読んだかのように、中濱さんが尋ねてきた。

どことなく、苦言の口調にも聞こえた。

「前にも言ったけど、私はネットの向こうにいる人がどんな人かって考えたことなかったな。だってネットがなければ繋がることもないような、遠く離れた相手だし……それがどんな人であっても構わないからね。性別も、職業も、思想も、趣味も――実際に顔を合わせたら相容《あいい》れないかもしれない人とでも繋がれるのがネットのよさだと思うから」

ある意味、自分ではない誰かになれる場所がネットというものだ。俺も普段はただの平凡な会社員だが、ネット上では『太公望』と名乗ることができる。

「だから私、イチイさんが誰でも別にいいな」

中濱さんは宣言するように、堂々と言い切った。

「それこそ播上さんでも、全然違う人でも、どうでも。どんな人か知りたいって思うのはもちろん自由だけど、正体が誰であろうともイチイさんはイチイさんでしょ？」

「……ええ、確かに」

播上さんでもそうでなくても、ネット上のイチイさんが別の誰かに置き換わることはない。その事実だけは絶対に揺るがない。にもかかわらず正体を知りたいと望むのは無礼なことなのかもしれないと、不意に思う。俺の推論は、イチイさんがわざわざ被った仮面を無理やり引き剝がすような振る舞いなのかもしれない。

「すみません。無礼な発言でした」

思わず詫びると、中濱さんは少しだけ笑った。

「大げさだね。それに、私に謝っても仕方ないよ」

「浅ましい思想だったと思います。ネット越しの相手を探りたいなどと」

「いや、本当に、そこまでではないと思うけど」

ちょうどその時、函館どつく前行きの電車がやってきて、俺たちは無言で乗り込む。乗客は他におらず、横に長い座席の中央に並んで座った。

湯の川温泉電停から俺が降りる深堀町までは四駅だ。きっとすぐに着くだろう。気まずい思いがあったので、内心ほっとしてもいた。

中濱さんは隣から俺の顔をじっと窺い見ている。

「草壁くん」

呼びかけられたのでそちらを向くと、にっこり笑いかけられた。

「ね、手を貸して」

「構いませんが、どうしてですか？」

「いいから、ほら」

俺の手首を掴むようにして半ば強引に引き寄せると、そのまま指を絡めて手を握られる。ぎゅっと力を込められて、思わず息を呑んだ。

「――中濱さん、あの」

「さっきの仕返し」

「なんですか、それ」

「いいからいいから。酔っ払ってるからってことにしてよ」

頬を赤々と染めた中濱さんが、いたずらっ子みたいな笑い方をする。しなやかな指も、小さくて柔らかい掌も、何もかもが熱を持ったように温かい。そのせいで口が利けなくなった俺に、彼女は駄目押しのように言った。

「いいよね？」

答えられなかった。

湯の川温泉から深堀町までの四駅は本当にあっという間で、着いた途端に中濱さんは手を放してしまう。直前まで繋いでいた手を振りながら、少しだけ名残惜しそうに見送られ、俺はふらつきながら電車を降りた。

そうして電車が走り去るのを黙って眺めて——そのまま深堀町電停で立ち尽くした後、ふと思う。

俺は、何を気まずいと思っていたんだろう。

考えていたことが全部、頭から吹き飛んでしまっていた。

6、イカぽっぽと夏野菜の塩きんぴら

お盆休み初日の八月十三日、両親が東京から帰ってきた。

四ヶ月ぶりの再会となったがちょくちょく連絡は取りあっていたし、あまり久し振りという感じはしない。二人とも少し日に焼けていた程度で、特に変わったところはなかった。

「函館はやっぱり涼しいね。あっちはもう暑くて暑くて」

「すごいんだから、エアコンなしじゃ生きていけないの！」

父も母も口を揃えて向こうの暑さを訴えてくる。ずっと北海道で暮らしてきた二人にとって、東京の気温や湿度の高さは未知の領域だったようだ。その点故郷の函館は快適に感じられたらしく、帰宅初日は窓を開けた部屋でのんびり昼寝をして過ごしていた。

二人の帰省に当たっては俺も特に念を入れて家の掃除をしておいてある。もっとも普段も最低週に一度は掃除をするようにしていたし、ゴミを溜め込むこともしていない。布団も干しておいたしシーツやまくらカバーも洗濯済みだ。両親を迎え入れる環境をしっかり整えておいたので、逆に驚かれてしまった。

「ちゃんと一人暮らしができてたのか、えらいな」

「さすがに俺も二十二だからね」

父の褒め言葉をこそばゆく思っていれば、冷蔵庫を開けた母が驚きの声を上げる。

「これ全部あなたが作ったの？　すごいじゃない！」

「そう。料理を始めたらいつの間にか習慣になってて」

と言うとなんだか偉そうに聞こえるが、このいい習慣化は俺一人の力では決して成しえなかった。職場の皆さんの後押しがあり、中濱さんがイチイさんのＳＮＳを教えてくれたからであり、播上さんから作りやすいメニューを教えてもらったからでもあり——四月から起きた様々な出会いが、今日の成果に繋がっている。そのことだけは胸を張って言えた。

「本当、いい職場で働けたみたいでよかった」

母は安心してくれたのか、胸を撫で下ろしている。

その晩は二人に俺が料理を振る舞った。既に作り慣れていたブリのパエリアは思っていた以上に好評で、両親揃ってお替わりまでしてくれたのが嬉しかった。この日のため、二十六センチのフライパンを購入しておいた甲斐もあるというものだ。

「佑樹がここまで料理上手になるとはなあ。何か秘訣なんてあるのか？」

興味深そうに父に尋ねられ、俺は考え考え、答えを口にする。

「最初のきっかけは職場周辺でご飯が買えない可能性があるから、だったけど……成功体験があったからというのが一番大きい気がするよ。それにうちの職場、弁当仲間が多くて心強かったんだ」

初めて作ったお弁当はサバ缶そぼろとサンマの『さ』巻きだった。今の俺からすると簡単極まりないメニューだが、その簡単さが俺に自信をくれたように思う。職場のみんなも褒めてくれたし、このくらいなら頑張って続けられそうだという気持ちになれた。そこから徐々に手の込んだメニューにも挑戦し、炊き込みご飯、ムニエル、パエリアなども美味しく作れるようになった。

その合間合間に、時々中濱さんにも食べてもらった。俺がお願いしたわけでもなく流れでそうなっただけだが、あの優しい先輩のお言葉が支えになっていたことも確かだろう。もっともその話を両親にするのは気恥ずかしいので、黙っておく。

八月十四日には、三人でお墓参りに出かけた。

父の仕事の休みが十六日までだから、十五日の昼までには帰りの飛行機に乗りたいとのことだ。だからどうしても慌ただしい日程になってしまう。だが二人が帰省した一番の目的がお墓参りだったから、これだけは外すわけにいかない。

十四日はよく晴れた夏日だった。真っ青な空の端にむくむくと入道雲が湧き起こり、まるで絵に描いたような夏の光景だ。

東山墓園は公営の墓園で、函館市の北側にある。近くには箱館戦争の際に築かれた四稜郭《しりょうかく》があり、ここも桜の名所として有名だ。函館山と向かい合う位置の高台を車で登っていくと、駐車場には既に何十台と車が停まっていた。スーパーで購入した仏花と線香、お供え物などを携えて、三人でお墓へ向かう。ステンレスの水桶の中、たゆたう水面が光っていた。

墓石にひしゃくで水を掛けると、灰色の石が濡れて色が変わる。

『辻《つじ》家之墓』

旧姓が彫られた竿石を見つめる母が、真っ先に手を合わせた。

「お彼岸《ひがん》以来ですね。見てください、佑樹はすっかり立派な社会人になりました……」

声に出された紹介をくすぐったく思いつつ、俺も目をつむって頭を垂れる。首の後ろが昼時の陽射しにちりちりと焼かれ、着てきたスーツには熱が集まってきて蒸し暑い。それでも報告したいことは山ほどあったから、しばらく黙って墓前にいた。

「いい天気だなあ」

お墓参りを終え、空を見上げた父がしみじみと呟く。

「お盆でなければ釣りに行こうと言うんだけどな。佑樹、最近釣りの方はどうだ？」

「今月の初めにブリを釣りに行ったよ。ボウズだったけど」

「また魚にエサをあげてきたんだね」

母が困ったような顔をすると、俺より先に父が応じた。

「ブリならルアーの可能性もあるな。魚と模型遊びをしたんだろう」

「お父さんが正解。遊びたくて遊んだわけではないけどね」

俺の答えを聞いた両親は声を立てて笑う。お墓参りの後とは思えぬ楽しげな様子に、俺もいくらか明るい気持ちになって尋ねた。

「今日の夕飯はどうしようか？　また俺が作るよ」

しかし両親は顔を見合わせ、母の方が気遣わしげに肩を竦める。

「遠出して疲れてるでしょう？　今日くらいどこか食べに行ってもいいんじゃない？」

「そう？　それでもいいよ」

「どこがいいかな……せっかく函館帰ってるんだし、美味しい海産物でも食べたいな」

父がそう言った時、俺の脳裏にひらめくものがあった。

「それなら、いいお店を知ってるよ」

訪ねていった『小料理屋はたがみ』のお店の戸には張り紙がされており、達筆な毛筆でこう記されていた。

『十五日はお盆につき、お休みとさせていただきます』

危ないところだ。一日ずれていたら両親を連れてこられなかった。

午後六時少し前で、お店にはまだそれほどお客さんの姿はない。入っていくとカウンターの中にいた播上さんが俺に気付き、にっこりした。今日も作務衣がよくお似合いだ。

「ああ、草壁さん。いらっしゃいませ」

先日、中濱さんとイチイさんの正体について話したこともあり——その笑顔に少しだけ、後ろめたさを覚える。だが同時に、やはりこの人がイチイさんなのではないかという疑念もまだ燻《くすぶ》り続けていた。

「こんばんは。三名です」

俺がそう告げると、播上さんは後ろに続く両親を見て少しだけ目を瞠る。すぐに播上さんのお母様がやってきて、小上がり席に案内してくれた。

「あら、この間の山谷水産の方。また来てくださったんですね」

「その節はごちそうさまでした。とても美味しかったので、今日は両親を連れて参りました」

「ありがとうございます。本日も心を尽くしておもてなしいたします」

通された席で足を伸ばして座りながら、うちの母は店内をきょろきょろしている。

「佑樹がこんなお店を知っていたなんてね」

驚かれるのも無理はない。お酒を飲んだことがない俺は当然ながらこの手の店に明るくない。大学時代には飲み会の会場を決められず、両親に助けを求めたこともあったほどだ。

そんな人間がこれほどに雰囲気のいい小料理屋を知っているとは、両親が不思議に思っても仕方がないだろう。

「仕事でご縁があってさ。先日もここで打ち上げをしたんだ」

ざっと掻いつまんで経緯を話せば、父も母も納得した表情を見せる。そして俺は、こう言い添えることも忘れなかった。

「本当に美味しいお店だから期待してくれていいよ」

前回の打ち上げと違い、今日は三人だけでの食事だから舟盛りは小さなものにしたし、品数もそれほど多くは頼まなかった。それでも新鮮なイカやブリの刺身は相変わらず美味しかったし、焼き物や煮物、小鉢の丁寧な味つけは両親の口にもあったようだ。二人とも期待を裏切らない食べっぷりで、見ていてこちらまで嬉しくなる。

休業日前日だからか、この日の『小料理屋はたがみ』は混み合っていた。注文の声とそれに応じる声が飛び交い、美味しそうな料理の匂いが次から次へと流れてくる。お酒や食事を楽しむお客さんは楽しげに笑いさざめいて、そのざわめきが不思議と居心地よかった。播上さんの奥様はまだ産休前のようで、身重《みおも》のお身体とは思えぬ元気いっぱいな働きぶりだ。

「函館に長年住んでいても、意外と知らない名店があるものだね」

父が驚きと感動の口調で言う。

「この歳になるとなかなか、行ったことないお店に挑戦してみようって気持ちにならないもの」

同意するように頷いた母が、俺に向かって笑いかけてきた。

「佑樹のお蔭でいいお店知っちゃった。ありがとうね」

店の柔らかい照明の下で、両親の表情はことさら和やかに見える。このお店を気に入ってもらえたことがよくわかった。

「そう言ってもらえてよかったよ」

二人の反応のよさにほっとしている。正直、今回じゃなくてもいつかは連れてきたいと思っていたからだ。

「お父さんとお母さんには恩返しをしたいと思っていたんだ。俺も就職して、大分前の話だけど初任給も貰ったし――」

しかしそう続けると、両親はたちまち苦笑いして釘を刺してくる。

「お、佑樹。まさかここの支払いを持つ気でいたんじゃないだろうね」

「そうはさせません。あなた、無駄遣いなんてしないで貯めておきなさい」

「無駄じゃなくて、親孝行だよこれは」

俺の主張にも二人は首を縦に振ろうとしない。

「そんなこと気にしなくていいから」

「そうそう。私たちはあなたが元気で、幸せでいてくれたら十分なの」

ありがたい言葉だが、一方で覆しがたい頑なさも窺え、俺は降参するしかなかった。

「佑樹にはうちの留守を守ってもらってるからな。それが一番助かってるよ」

父は優しく微笑んで言う。

その程度なら誰だって――と応じかけたが、留守を守ることがそれほど簡単ではなかったことも、俺はこの四ヶ月ほどで身に染みてわかっていた。もちろんあの家に『いるだけ』ならたやすい。だが俺が何もしなければ埃は溜まって汚れていくし、古新聞だって溜まる。放っておけば冷蔵庫は空っぽのままだ。だから掃除をし、買い物をし、料理をして、一人でもあの家で真っ当に暮らしていくことこそが留守番だと言えるのかもしれない。

両親が函館へ戻ってくるのはまだまだ何年も先の話だ。だからそれまで、俺は草壁家を守り続けたい。それもまた、ささやかながら恩返しの一つと言えるだろう。できればもう少し、将来的には、もっと親孝行らしいことをしたいと思っているが。

「わかった。今は留守番に努めるよ」

俺は渋々頷いた後、二人に向かって念を押しておく。

「でも親孝行はするからね。老後は俺に任せてくれていいし、安心して」

しかしそれに対しても、父は拗ねたように口を尖らせ、

「お父さんはまだそんな歳じゃないし……息子の世話になんてならないよ」

母は呆れたような顔さえして、俺の発言を諌《いさ》めた。

「親は親、自分は自分よ。あなたの人生を歩めばそれでいいの」

そういうものだろうか。納得がいくような、いかないような気分で俺は黙ったが、それを見越したように母は続ける。

「今時そういうことを言う男は女子受けが悪いんだから、気をつけなさい」

「……それは、そうかもね」

その点については納得できた。

ただ現在の俺は、大勢の女子に受けるかどうかよりも中濱さんならどう思うかの方が気になる。

「本日もありがとうございました」

店を出る前のお会計をしてくれたのは播上さんだった。お母様も奥様も接客に追われていたためだろう。

俺はと言えば会計前に父からお金を渡されて、そのお金で支払いを任せられるとい

う親孝行をしたい子供としては若干複雑なことをやらされている。両親は一足先に店の外で待っており、今頃は二人で夜空でも見上げているだろうと思われた。

「こちらこそ、美味しいお料理をありがとうございました。以前伺った時から両親も連れてこられたらと思っていたんです。うちの両親も美味しいと大変喜んでおりました」

支払いをしながら感謝を述べると、播上さんは目を細めてから少し遠慮がちに尋ねてきた。

「草壁さんは、今年山谷水産様に入社されたばかりですよね？」

「ええ」

「なのにとてもしっかりされていて驚きます。なんだか自分の新入社員時代を思い出してしまって……」

そう言うと、播上さんは照れたような苦笑いを浮かべる。

「私は草壁さんほどしっかりしていなかったので、身につまされると言いますか。当時の先輩に迷惑ばかり掛けていたなと今更思っていますよ」

俺からすると『しっかりしていない』播上さんというのも想像がつかなかった。だが人に歴史ありの言葉通り、この人にも悩み迷う新入社員時代があったのかもしれないし、そこで得た経験を糧《かて》に今の播上さんがあるのかもしれない。

そして、感心していただけるほど俺は立派な新人でもなかった。春先から比べれば仕事には慣れてきたものの、まだ一人前というには程遠い。その上念願の親孝行も叶ってはいない。

ただ、そんな俺が味わっているもどかしさ、焦燥感を播上さんもかつて味わったのだとしたら、それもまた新人の通過儀礼のような感情なのだろうと思う。

「播上さんにもそんな時代があったのですね」

それだけ言うのが精一杯の俺に、播上さんは黙って微笑んだ。

だがそういうところも含めて――俺はやはり、この方はすごいと思う。料理の上手さも発想も、その穏やかさも真面目さも、この方がイチイさんだったらと考えてしまうくらいには。

今しかない、と思った。

「ありがとうございました。お気をつけて」

会計を済ませ、あとは店を出るだけの俺を播上さんが見送ってくれる。

俺は早口になって切り出した。

「あの、つかぬことを伺いますが、播上さんはSNSをやっておいでですか？」

「え？」

やぶからぼうの問いに播上さんは戸惑ったようだ。しかしすぐに、澱《よど》みなく答えてくれた。

「いえ、うちの店ではホームページやSNSはやっていないんです」

「お店のもの以外では？　播上さんがご趣味で発信されているものとか……」

そこまで踏み込むのも失礼かもしれないと頭の片隅では思う。しかし止まれなかった。

播上さんはそこで、ああ、と小さな声を上げる。

「一応は。昔のクラスメイトに誘われて、自分の名前で登録したものがあります」

「ご自身の……本名でということですか？」

「はい。といっても更新するのが苦手で、友人からもからかわれているんですよ。なんのために始めたんだって。料理でも載せたらいいんじゃないかって妻は言うのですが、それも続けられる気がせず、もっぱら友人の近況を眺めているだけです」

そこまで答えてから、怪訝そうに聞き返してくる。

「それがどうかしましたか？」

一瞬、言葉に詰まった。

だがすぐに立ち直って、首を横に振る。

「いえ、播上さんかなと思われる方を偶然お見かけしたので、つい」

「『播上正信《まさのぶ》』という名前でやっていたら、間違いなく私です」

つまりそれは、他のハンドルネームでやっているアカウントはないということなのだろう。

つまり――。

「またいつでもお越しください」

そんな声を背に店を出る。外では両親が肩を並べて夏の夜空を見上げていて、俺に気付くと揃って笑った。

「意外と時間掛かったな、佑樹」

「お店の方とお話しでもしてたの？」

二人からの問いに、俺は曖昧《あいまい》に答えるより他ない。頭の中はたった今得たばかりの事実でいっぱいだった。

播上さんは、イチイさんではなかった。

確定だ。先程の言葉が全て嘘だとでも言うのでない限り、はっきりと明らかになってしまった。そして嘘を言う口ぶりでもなかった。播上さんはSNSを放置していることを恥ずかしそうに打ち明けてくれ、何を書いたらいいかわからないとまで言い切っている。

イチイさんは別の人だ。

誰かは、今は見当もつかない。

正直に言えば『さもありなん』という思いもあった。ネット上で知り合った人がこんなにも近くにおり、そして偶然お会いできるだなんて奇跡がそうそう起こるはずもない。俺も確証を得ていたわけではないのだし、イチイさんが北海道の人だという事実のみで播上さんかもしれないと思い込んできただけだ。

しかし一方で、やはり落胆してもいた。播上さんがイチイさんならいいと思ってもいたのだ。

俺の生活と意識に変革をもたらしてくれたイチイさんという人物が、播上さんのように尊敬できる好ましい人だったらいいと——それこそ浅ましい願望であり、イチイさんにも播上さんにも失礼な話だ。

『正体が誰であろうともイチイさんはイチイさんでしょ？』

中濱さんの言葉は正しい。

俺がネット越しに知ることのできるイチイさんは、正体が誰であろうと揺るがないはずだ。そしてその正体、リアルな姿を知る機会はない。今となっては、知りたいのかどうかもよくわからない。

「なんだ、佑樹。ぼんやりしてるな。お腹いっぱいなのか？」

「眠くなっちゃったんでしょ。こっちのスケジュールで振り回して、疲れたのかもね」

「……そんなことないよ、大丈夫」

両親は明日には東京に戻るし、俺のお盆休みも明後日までだ。

気持ちを切り替えなくてはならない。まずはちゃんと、両親を見送らなくては。

予定通り、両親は十五日の昼の便で函館を発った。

一時間半後には飛行機を降り、羽田空港からメッセージを送ってきた。

『次は年末に帰るからね。元気で頑張るんだよ』

翌日には俺もお盆休み最終日を迎え、その後はいつも通りの毎日がやってくる。自分のためにお弁当を作り、仕事へ行き、仕事終わりにはイチイさんの更新を見ながら電車に乗り、スーパーに寄って夕飯とお弁当用の買い物をする毎日だ。

イチイさんのお弁当作りは、当然だが現在でも続いていた。どうやらイチイさんにお盆休みはなかったようで、その間も何度かお弁当を作っては画像を投稿している。

昨日はイカぽっぽ弁当にしたようだ。

『この時期に美味しいスルメイカをイカぽっぽにしました』

画像にはそんなキャプションが添えられていて、俺は性懲《しょうこ》りもなく考えてしまう。

スルメイカは日本列島のどこでも釣れる回遊魚だ。主な産地は北海道や青森だが、大体どこの港でも水揚げがある。一方で『イカぽっぽ』という言葉は方言であり、北海道や東北地方でしか使われていない。イカのゲソやワタを詰めて焼く姿焼きのような料理だ。更に函館などのスルメイカの名産地では、スルメイカのことを『マイカ』と呼ぶ。これはその地方での主流のイカを『真のイカ』とする意味があるようで、他の地方ではコウイカやケンサキイカをマイカと呼ぶものらしい。

イチイさんが道民であることは以前から確実だと思っているが、函館の人ならスルメイカをマイカと呼ばないのは不思議だ。しかし函館市民の誰もが絶対にそう呼ばないというわけでもないし、全国の人が見ているSNS上であえてわかりやすくしたのかもしれない——。

そこまで考えて、またイチイさんのことをあれこれ探りたくなっている自分に気がつく。

溜息が出た。

イチイさんが播上さんではなかったことを、俺は受け入れたつもりだ。もちろん播上さんが嘘をついているという可能性もなくはないが、なんとなく、そういうことはできそうにない方だと思う。

では誰が、ということを考えるのは無駄だろう。現在ある情報だけでイチイさんという存在を推し測るのは不可能だ。考えない方がいい、それはわかっているのだが。

思えば俺は四月からずっと、イチイさんの影を追いかけてきたようなものだった。どんな人かなんてわからなくて当然なのに知りたいと思ってしまうのは、イチイさんあっての自分だとわかっているからだ。

ひとまず考えるのはやめて、俺も調理に取り掛かった。

買ってきたスルメイカの胴に指を差し入れ、長い足をそっと引き剝がす。足から目と口、そしてワタを切り落として、吸盤をしごき落としてから粗みじん切りにする。胴体からは皮を剝がさず透き通った軟骨だけを抜き、醬油、みりん、おろしショウガのタレに漬けておく。

刻んだ足と長ネギのみじん切りを油を引いたフライパンで軽く炒めた。本来はここにワタも足すのだが、夏場のお弁当ということもあり、イチイさんは足とネギだけにしておいたそうだ。酒や醬油で軽く味つけした後、先程漬けておいたイカの胴体に切り込みを入れ、はみ出さない程度に詰める。口を爪楊枝で止めたら、あとはフライパンで焼くだけだ。

詰め物でぽってり膨らんだイカの胴をじっくりと焼く。ついたままの耳が、加熱していくに従いちりちりと反り返っていくから、時々フライ返しで押さえてやらなくてはならない。ある程度火が通ってきたらひっくり返し、先程漬けていたタレを掛け、焦げつかないように手早く煮詰めていく。タレが完全に煮詰まったら完成だ。食べやすいように切れ目に沿って切り分けてから皿に並べた。

イチイさんがイカぽっぽに添えるおかずは夏らしく、カボチャとニンジンの塩きんぴらだった。フライパンをきれいにしたら、細切りにしたカボチャとニンジンをさっと炒め、塩を振ってみりんを全体に絡めたら、炒《い》りゴマを振って出来上がりだ。炊き立てのご飯になめこの味噌汁を添え、本日の夕飯が整った。

「いただきます」

手を合わせてから食べ始める。一人きりの食卓であっても、やはり言わずにはいられない言葉だ。

イカぽっぽは噛み切れるほど柔らかく、また甘じょっぱいタレがよく絡んでいてご飯によく合う。中に詰めた刻んだゲソや長ネギも歯ごたえや風味がよく、いいアクセントになっていた。焦げた醤油の匂いに食欲もそそられ、気付けば箸が止まらなくなっている。やはりイチイさんはすごい。

夏野菜の塩きんぴらは野菜自体のほんのりした甘さに塩味がとても美味しく、箸休めにもぴったりの一品に仕上がっていた。特にカボチャは細切りにしてもほくほくとしており、もっとたくさん作ってもよかったなと思う。これも明日のお弁当入り決定だ。

ダイニングテーブルを一人で占拠することにも慣れてしまって、先日両親が帰って来た時にはちょっと狭いかなと思ってしまったほどだった。いつかはまた三人で暮らす日が来るのか――いや、その時には俺がこの家を出ることになるはずだ。

次に会う時こそ、ちゃんと親孝行をしたいものだと思う。

お盆休み明けの昼休みは、久し振りに開発課の四人が揃っていた。

まとまった休みの後だからというのもそうだが、新製品が出来上がってからは試食会やら販促物の作成やらとやることに追われて、なかなか四人揃っての昼食の機会がなかったからだ。

「草壁くん、お盆休みはどこかへ出かけた？」

中濱さんが尋ねてきて、俺は正直に答える。

「両親が帰ってきたので、お墓参りに行きました」

「あ、私も行ったよ。あと釣具屋さんにもね」

港まつりの日に、中濱さんとはブリを釣りに行こうと約束をしていた。それ用の釣り竿やルアーを休みの間に見に行ったらしい。

「だからいつでも行けるよ、ブリ釣り」

張り切る中濱さんを見て、小野寺さんが興味深げに声を掛けてくる。

「中濱さん、ブリを釣るの？　岸釣り？」

「はい。草壁くんが大森浜で釣れると言っていたので、教えてもらって挑戦しようかと」

「上手く教えられるといいのですが。頑張ります」

父から教わる機会はあっても、人に教える機会はほぼなかった。俺は少し緊張していたが、途端に中濱さんが噴き出す。

「草壁くんが頑張るんだ、私じゃなくて」

次いで加賀課長もおかしそうに笑ってみせた。

「手加減せずスパルタでいきなよ、びしびしとね」

「えっ、草壁くんそんなことする人じゃないですよ。ね？」

「もちろんです」

スパルタどころか俺自身が釣れるかどうかも怪しいものだが、そこは黙っておくことにする。中濱さんと行く時には潮目がいいことを願おう。

「そうか、ブリ釣りか。うちもぼちぼち家族で行けないかな」

小野寺さんが唸りながら、まず会議テーブルに着く。俺たちも続いて椅子に座り、めいめいが持参したお弁当箱を開いた。

「──あ！」

唐突に、中濱さんが声を上げる。

ただならぬ様子にそちらを向けば、中濱さんはお弁当をしまっていた巾着《きんちゃく》の紐を慌てたようにきゅっと引いた。

「なしたの、中濱さん」

加賀課長が訝しそうに尋ねれば、たちまち困り果てたように目を泳がせる。

「ええと――あの、私、外で食べてきます」

「え？　なんでまた急に」

「ちょっと、連絡しなきゃいけない件を思い出しまして――すみません！」

中濱さんの動きは素早かった。お弁当を抱えて立ち上がったかと思うと、弾かれたように開発課を飛び出していく。俺も、課長も、小野寺さんも、声を掛ける暇すらなかった。

遠ざかっていく足音が聞こえなくなってから、俺はようやく我に返る。

「どうしたんでしょう、中濱さん」

「箸でも忘れたとかかな？」

「それなら予備あるのに。言ってくれたらなあ」

小野寺さんも加賀課長も、当然ながら釈然としない様子だ。

俺も、何か引っかかるものを感じている。中濱さんのそぶりは明らかにおかしかった。持ってきたお弁当を見た瞬間に――厳密にはお弁当箱をだ。まだ巾着から取り出してもいなかったタイミングで何かに気付き、逃げるように駆け出していった。

「――俺、ちょっと見てきます」

どうしても気がかりになり、俺もまた席を立つ。

既に食べ始めようとしていた加賀課長は、目を丸くしつつも頷いた。

「あ、そう？　それならまあ……若い者に任せようかね」

「はい。行って参ります」

俺は一人で開発課を出る。廊下には、中濱さんの姿は既にない。

社内をざっと見て回ったが、彼女はどこにも見当たらなかった。製造課の人たちでいっぱいの休憩室にも、人のまばらな営業課にも、当たり前だがテストキッチンにもいない。それなら外かと社屋を出れば、真昼の明るさに目が眩んだ。だだっ広い駐車場にもその姿はなく、中濱さんが普段乗っている社用車へ近づいてみる。

陽射しを跳ね返して光るフロントガラスを覗いてみると、ようやくその姿を見つけた。八月の炎天下だというのにエンジンも掛けず、運転席に座ってハンドルに突っ伏していた。ガラスを指で軽くノックすれば、彼女は上げた顔を引きつらせる。だがすぐに苦笑して、ゆっくりとドアを開けた。

「どうしたの、草壁くん」

そう尋ねてきた中濱さんは、とても気まずそうな顔で笑っている。

「中濱さんの様子がおかしかったので、追いかけてきました」

俺の答えを聞くと彼女は、まるで探るような眼差しを向けてきた。心細そうにしている子供みたいな、どこか怯えた目つきに見える。

そしてしばらくしてから、小さな声で聞き返してきた。

「……気付いた？」

質問の意図がわからなかった。

「何にですか？」

問い返した俺に、彼女は膝の上に置いていた巾着を指し示す。そしてその紐をほどいたかと思うと、中に入っているお弁当箱を取り出してみせた。

どこかで見たことがある、曲げわっぱのお弁当箱だ。

イチイさんのお弁当箱にそっくりだった。

「――まさか」

思わず声が漏れる。

その可能性は、どうしてか考えたことがなかった。なぜなら中濱さんは自分だと気付かせないようにしていたからだ。イチイさんを男だと予想したのも彼女だったし、俺に憶測を止めるよう促してきたのもそうだった。イチイさんの話をする時はいつも他人事のようだったから、まさか、中濱さんだとは考えもしなかった。

だが、最初にイチイさんのことを教えてくれたのも、中濱さんだ。

「お弁当持っておいでよ、草壁くん」

きまり悪そうにしながらも、彼女は俺にそう言った。

「お外で一緒に食べよう。話したいことあるし——海の傍でさ」

一度開発課へお弁当を取りに戻った時、加賀課長からも小野寺さんからも不思議と何も聞かれなかった。

「俺も外で食べてきます」

そう告げたら課長は手を振って、

「行ってらっしゃい。熱中症だけ気をつけてね」

小野寺さんは黙って笑顔で見送ってくれた。

てっきり中濱さんについてあれこれ聞かれると思ったので拍子抜けだ。しかし詮索《せんさく》されるよりはずっといい。時間も惜しかったので、俺も急いで待ち合わせ場所へと向かう。

山谷水産から徒歩三分ほどの海沿いに啄木小公園がある。その名の通り明治の歌人である石川《いしかわ》啄木の歌碑と彫像があり、その名に違《たが》わず小さな公園だ。普段は観光客が立ち寄ることも多い場所だが、今日はお盆明け直後だからか、いたのは俺と中濱さんだけだった。

先に来ていた中濱さんは、海に面したベンチに座っていた。吹きつける潮風にウェーブがかった髪を揺らしつつ、達観したような顔で大森浜を眺めている。膝の上にはあの曲げわっぱのお弁当箱があったが、まだ蓋を開けていない。

陽射しの強い日だったが、海のすぐ傍では心地いい風が吹いていた。

「お待たせしました」

背後から声を掛けると、中濱さんはちらっとだけ振り向いてからベンチの空白を手で叩く。

促されるようにそこへ腰を下ろすと、彼女は俺に見せるようにお弁当箱を開けた。今日のおかずは輪切りにしたイカが入ったイカぽっぽと、カボチャとニンジンの塩きんぴらのようだ。

「あれ、俺と同じですね」

そう告げると彼女は苦笑してみせる。

「つまり、偽装工作。『イチイさんの作ったメニュー、私も作ったの』って言うつもりで」

「ああ、そういうことでしたか」

中濱さんは俺の疑いの目が自らに向かないよう、今までにもいろいろ策を弄《ろう》してきたのだろう。それが功を奏したのか、俺が彼女をイチイさんではないかと思ったことは一度もなかった。

「でもやらかしちゃった。これね、母のお弁当箱なの。いつも母の分のお弁当を写真に撮ってて——自分の分はありもので適当に作っちゃうけど、母のは気合入れて前の日から準備して作るからきれいにできるんだ」

そう語る彼女の口調は柔らかい優しさで満ちている。

「だけど今日は間違えて袋にしまっちゃったんだね。多分今頃、母は私のお弁当を食べてるはずだよ」

「立派ですね。いつも二人分のお弁当を作っているなんて」

俺が褒めると、中濱さんは当然のように首を竦めた。

「世話を掛けたからね。うちは片親なのに大学まで出してもらって……だからこの程度、まだ親孝行にもならないよ」

親孝行をできていない俺としては、とても他人事ではないお言葉だ。手料理を振舞ったくらいではまだまだ足りないと思うのだが、留守番以外にできることが今の俺にあるだろうか。

うちの両親なら『元気でいてくれればいい』としか言わないだろうというのがまた歯がゆい。

「怒らないの?」

こわごわと尋ねられ、俺は強くかぶりを振る。

「まさか。怒る必要があるとは思いません」

「でも私、草壁くんに嘘をついていたんだよ」

「理由は気になりますが、どちらにしても怒りを感じることではないですね」

まだ実感が湧いていないせいかもしれないが、今の気持ちは静かに凪《な》いでいた。

ただ訳は知りたい。どうして今までそのことを俺に黙っていたのか、どんな些細《ささい》な事情でも構わないから。

「理由は——これ言うの、恥ずかしいんだけど」

中濱さんは本当に恥ずかしそうに唇を震わせる。

「前に『イチイさん』のこと、すごく褒めてくれたじゃない。偉人だとか、人生を変えられたとか、きっと献身的で優しい人だろうとか。そういうふうに言われたらさすがに言い出せないよ」

「それはそうでしょうね」

自分で言ったことながら申し訳なくなった。もちろん嘘でもお世辞でもない本心ではあったが、俺も当の本人にぶつけているとはまるで思い至らなかったのだ。

「だから絶対黙っていようと思ってた。草壁くんには、どこにもいない理想の『イチイさん』を追いかけてもらうのが一番いいだろうって」

そう言って、中濱さんは視線を海岸線へと投げる。

大森浜の砂辺には散歩を楽しむ人の姿がちらほらあった。波打ち際で裸足になっている人もいる。スーツ姿の俺たちと比べると、解き放たれた自由な姿に思えた。

湾曲した海岸線の向こうにそびえる函館山は、今日も牛が寝そべっているように見える。背中には昼間も展望台の光が瞬いている。だとすれば山の南東、海に突き出す立待岬《たちまちみさき》が牛の頭になるのだろうか。

「私がイチイさんを始めたのはね」

こちらを見ずに、彼女が話を続けた。

「大学三年になって、函館に戻ってきてからなんだ」

水産学部は三年になると函館キャンパスへ通うのが決まりだ。二年間だけ通った札幌キャンパスを離れて、この港町へとやってくる。

「その時にはもう、卒業したら地元で働こうって決めてた。母を一人にはしておけないって思って。母に聞いたら『気にしなくていい』って言ったけど、でもそれが本心じゃないのもわかってた。私が山谷水産に就職決まった時はすごく喜んでくれたから」

うちの両親もそうだ。家を出てもいいしどこで働いてもいいと言ってはくれたが、俺が函館に就職すると決まったら目に見えて喜んでいた。もっともうちの場合は父の方がまさかの転勤になってしまったが。

「だからその選択に後悔はしてないし、自分で決めたことだって思ってる。ただ……」

そこで中濱さんが、長い睫毛を伏せた。

「札幌に二年間住んでみて、ちょっと心が揺らいだのは確かなの。札幌は都会で、人も多いしなんでもある。買い物に不自由することもないし、休みの日に遊びに行く先もたくさんある。こんな街でもっと暮らしてみたいなって思っちゃって、ほんの少しだけ未練もあった」

函館は美しい街だが、決して都会ではない。中濱さんの憧れる気持ちは俺にもわかる。

「そういう気持ちと決別するために、イチイさんを始めたの。函館の市木を名前にして、故郷を大切に思う人って設定で——まあSNSなんて慣れてなかったから、お弁当の画像を載せてみただけだったけど」

イチイさんは、やはりオンコの木のことで合っていたようだ。

「昔から料理は得意だったし、特に函館へ帰ってから母の分のお弁当を作るようになったのもあってね。母にはずっと元気で、健康でいて欲しかったから。そうしたらなんか興味を持ってくれる人がたくさんいて、そのうちレシピも欲しいって要望も貰うようになったから、一緒に載せるようになって……それだけでちょっと、承認欲求満たされたよね」

はにかむ横顔が、きれいだった。

「ネットで友達が欲しいとか、いろんな人と交流したいって気持ちはちっともなくて、ただ私がここにいることを不特定多数の人に知って欲しかったの。動機はそれだけ。本物のイチイさんは偉人でもないし、献身的でもないよ」

潮風が吹いて髪が揺れると、柔らかそうな毛先が中濱さんの頬を撫でる。それがくすぐったいのか首を横に振ってから、彼女は改めて俺を見た。

「幻滅した？」

「いいえ」

「私、草壁くんのこと騙してたのに？」

騙されたなんて思わない。

俺はこの四月から、ずっとイチイさんを目標としていた。一方で中濱さんの明るさと笑顔に、幾度となく励まされてもきた。イチイさんがいたからお弁当作りが習慣となり、好きにもなれたし、中濱さんがいたからこの仕事に慣れ、毎日頑張ろうと思えた。

ずっと追いかけてきた、憧れていた人が同一人物だったというのだから、それはむしろ幸せなことだ。

だから言った。

「俺は、中濱さんのそういうところが好きです」

ベンチに並んで座る彼女の顔を覗き込むようにして告げる。

目だけで俺を見た中濱さんは、瞬きを止めて息を呑んだ。

「……え？」

俺はもう一度繰り返す。

「中濱さんが好きです。あなたがイチイさんでよかった。俺の気持ちはそれだけです」

イチイさんはイチイさんだ、と中濱さんは言っていた。

だが俺はそれでも、イチイさんが素敵な人だったらいいなと思っていたのだ。俺の目標とする人、憧れの人だったから。それが中濱さんだというなら、この上なく嬉しい。

中濱さんがその顔に戸惑いの表情を浮かべたので、俺も思わず尋ねたくなる。

「もしかして、ご存じなかったですか？」

「あ、いや、薄々気付いてはいたけど……本当にそうだったんだ、みたいな」

「では先日手を繋いでくださったのは、もしやあれも隠蔽工作ですか？」

あの時、酔っているからだと中濱さんは言ったが、思い返せばイチイさんの正体について話していたタイミングだった。怪しむ俺に、彼女は焦りと笑いが入り混じった表情を浮かべる。

「あれは、えっと、半分はそうだけど」

「そうなんですか……」

「あ、がっかりしないで！　私も草壁くんじゃなかったら手を繋いだりはしなかったよ！」

　フォローするような口調ではあったが、希望は持っていいということだろうか。それならよかった。

「今はまだ半人前の若輩者ですが、いつか一人前になってみせます。その時はもしよければ俺と、お付き合いしていただけたら嬉しいです」

　思いの丈を全て告げると、中濱さんは深い溜息をつく。

「すごく真っ直ぐに言うんだね。草壁くんらしい」

　それから吹っ切れたように柔らかく笑った。

「ね、一人前になるまでってどのくらい待てばいいの？」

「一年くらいではまだまだでしょうから、二、三年は見ておきたいかと」

「そんなに？　私、待てるかな……」

「待っていてよかったと思っていただけるよう、精一杯努めます」

「嬉しいけど、頑張るところそこじゃなくない⁉」

　中濱さんが笑った。それはもうおかしそうに、楽しそうに、声を立てて笑い出した。

その朗らかな笑い声を聞いて、俺もまた幸せな気持ちになる。この人の笑顔のために生きられたらいい。そう思う。

それから俺たちはお互いに、作ってきたお弁当を食べ始めた。故郷の海を眺めながら食べたお揃いのイカぽっぽ弁当は、格別な味がした。


俺と中濱さんの関係は、目下保留中という趣だ。

とはいえ彼女は毎朝起きるとメッセージをくれるし、退勤後、家に帰ってからくれることもある。時々通話をしたりもする。そういう間柄なので、親しい相手だとは言っていいはずだ。

いつか彼女になってもらえたらいいなと思うのだが、それには俺が社会人として一人前になることが条件だ。そのためにもまずは日々仕事に打ち込み、精進していかなければと思う次第である。


八月最後の土曜日、俺は午前三時に家を出た。

母の赤いミニバンに乗り込み、向かう先はまず中濱さんの家だ。彼女を拾い、二人で熱帯植物園裏の砂浜まで行く予定だった。目的はもちろん、ブリ釣りだ。

後部座席には釣り具一式を積んであるし、お弁当も作って持ってきた。いつもと違って朝ご飯というところが特別感があっていい。八月とはいえ日の出前は寒く、今日もウィンドブレーカーを羽織ってきた。外はまだ真っ暗で、街灯の明かりを辿るように函館市内をひた走る。

中濱さんの家は五稜郭町にある。五稜郭公園や中央図書館、警察署のある辺りで、とても閑静な住宅街だと聞いている。だからマンションの駐車場に車を停め、彼女が出てくるのを待つ間はエンジンを切っていた。

やがてドアが開き、水色のマウンテンパーカーを着込んだ中濱さんが駆けてくる。驚いたことに一人ではなかった。後ろに中濱さんよりも小柄な、中年女性がついてきている。

俺が慌てて車を降りると、その女性が頭を下げてきた。

「初めまして。直の母でございます」

「草壁と申します。中濱さんにはいつもお世話になっております」

まさかお母様からご挨拶をされるとは思わなかった。横で中濱さんが苦笑している。

「ごめんね。挨拶をしておきたいって聞かなくって」

「こんな朝早くから迎えに来ていただくんだもの、お礼は申し上げるべきでしょう」

たしなめるように言い聞かせている横顔は、確かに中濱さんとよく似ていた。

お母様に見送られ、中濱さんがミニバンの助手席に乗り込む。そして静かに車を走らせ、今度は一路湯の川方面へと向かった。

「いきなりでびっくりしたでしょ？　言い出したら聞かない人なの、うちの母」

少し走ってから、中濱さんは申し訳なさそうに切り出す。別に謝ってもらうような
ことではなかったし、俺はかぶりを振っておいた。

「いえ、俺もご挨拶ができてよかったです。上品で、優しそうな方ですね」

「全然そんなことないけど、母には伝えておくね。すっごく喜ぶと思う」

助手席で身体を丸めるようにして笑っている。朝早くだというのに元気そうだし、
楽しそうだ。

「草壁くんのご両親はどんな人？」

夜道を走る車の中、今度はそんな質問をされた。

「うちの父は明るい人ですね。母の方は、どちらかと言うと現実主義者かなと」

「そうなんだ。草壁くんはどちら似なの？」

続いた問いにはしばらく悩んだが、正直に答える。

「強いて言うなら、母なのかもしれません」

「え、あんまり似てないってこと？」

「なんと言いますか、母とはかろうじて血が繋がっているんです」

中濱さんの笑い声が止んだ。

逆に俺は少し笑う。他人に話すと空気が重く沈みがちな話なので、これまであまり打ち明けたことがなかった。だが中濱さんには言っておきたい。

「俺は子供の頃に両親を亡くしてまして、交通事故でした。母は元々叔母だったんです。実の両親の墓は、ここ函館にあります」

俺と母の旧姓は辻という。両親を亡くした後、叔母夫婦に引き取られて草壁佑樹と名を変えた。

血の繋がらない子供を引き取る決断をした父の覚悟は相当なものだっただろうし、母だって甥を育てると決めるまでには強い葛藤があったに違いない。だが二人は慈《いつく》しみ深く俺を育ててくれ、大学にまで行かせてくれた。だからこそ親孝行がしたいのだが、二人ともなかなかさせてくれない。

「だから帰ってきたんです、函館に」

そう続けると、中濱さんは確かめるような口調で切り出す。

「もしかして、それで『幽霊に会いたい』って――」

「はい」

実験を繰り返したが、結局一度として叶わなかった。

「ごめんね、失礼なこと聞いちゃって」

「いいえ。俺の方こそ、いきなり重い話になってすみません」

「なんか似てるね、私たち。理由があって函館に帰ってきたんだ」

しんみりとした声がする。

思えば、俺たちも回遊魚みたいなものかもしれない。学びのために故郷を離れ、様々な経験や知識を得て戻ってきた。故郷に辿り着けず死滅する回遊魚もいる中、魚たちはどんな思いで故郷を目指すのだろう。

俺たちが帰ってきたのは間違いなく自分の意思だ。どんな理由があろうとも後悔はしたくないし、するつもりもない。

何より俺には運命的な出会いがあったので、まさか後悔なんてするわけがない。

「中濱さんにお会いできただけでも、函館に帰ってきてよかったです」

そう続けたら助手席からは、優しく温かな笑い声が返ってきた。

「私も」

駐車場に車を停めて、俺たちは海岸へ向かう。

夜明け前の大森浜は薄暗かった。以前来た時と同じく、イカ釣り漁船の漁火もなければ太陽の光もまだ弱々しい。砂浜へ下りる道すがら、中濱さんは持ってきた手提げバッグを高く掲げてみせた。

「今朝の私のお弁当、なんだと思う？　当ててみて」

ノーヒントでそのクイズは難しい。俺は論理的に答えを導き出そうと試みる。

「釣りをしながら食べるお弁当なら、ワンハンドで食べられるものですね」

「おいい読みするね」

「朝から手の込んだ料理は大変でしょうし、火を使わないメニューではないかと」

「それも当たり」

「そして中濱さんはサービス精神の持ち主なので、俺が過去に『美味しい』と言ったものを作ってきてくださった気がします」

「そんな精神あったかなあ。でもすごいね、パーフェクト」

中濱さんはひと笑いしてから、答えを教えてくれた。

「お弁当は鮭のおにぎらず。前にすごく感動してもらったから、また食べてもらいたくて」

「嬉しいです。あの時はまさに、革命的な美味しさだと思いましたよ」

函館公園でのお弁当交換の思い出を手繰り寄せつつ、俺も正直に打ち明ける。

「実は俺も、おにぎらずを作ってきたんです」

それで中濱さんは合点がいった表情を見せた。

「どうりでいい読みすると思った！　具は何にしたの？」

「我が社自慢のブリのコンソメ煮とポテトサラダを和えました。美味しかったですよ」

「わあ、楽しみ！　絶対食べさせてね」

もちろんそのつもりだ。お弁当には交換する楽しみもあることを中濱さんに教えてもらった。そして以前とは違い、自信をもって彼女に食べてもらうことができる。公正な取引と呼ぶには、まだいささか未熟かもしれないが。

波音が静かな凪《なぎ》の日だった。海に面した砂浜には等間隔を置いて並ぶ釣り人が何人かいて、俺たちもその列に加わる。

「ルアー釣りなんてそれこそ学生時代以来だよ」

中濱さんは覚束《おぼつか》ない手つきでメタルジグを接続していた。俺も少し手を貸したが、ほとんど自分で準備していたのはさすがだ。

水平線の向こうに白々と光が差し始めている。その水面に向かってジグを放り、ただ巻きでさも生きている小魚の真似をする。

「上手く釣れるかな？」

「釣りたいですね、是非」

「何にして食べようか、それも考えておかないとね」

中濱さんは楽しそうに声を弾ませた。

ブリの美味しい食べ方は俺もよく知っている。新しく試してみたい調理法もある。

山谷水産の次の新商品は『ブリのカレー煮』になるかもしれなくて、一度カレーを作ってみたいと思っていたのだ。

「カレー味ならビリヤニでもいいかも」

「中濱さん、作れるんですか？」

「作ったことあるよ。あれはまずバスマティライスを仕入れるところが大事なの」

ブリを狙ったショアジギングはのんびり釣り糸を垂らす釣りではなく、巻いたり泳がせたりと忙しい。そんな中でも俺たちは釣れぬ魚の皮算用に花を咲かせ、時々楽しく笑いあう。

もしかしたら今日もボウズで帰るかもしれないが、その時は買って帰るのもいいだろう。

そうして今度は中濱さんと、一緒に料理ができたらと思う。きっと笑いの絶えない時間になるはずだ。

※この物語はフィクションです。作中に同一の名称があった場合でも、実在する人物、団体等とは一切関係ありません。

宝島社
文庫

函館グルメ開発課の草壁君
お弁当は鮭のおにぎらず

(はこだてぐるめかいはつかのくさかべくん　おべんとうはさけのおにぎらず)

2023年7月20日　第1刷発行

著　者　森崎 緩
発行人　蓮見清一
発行所　株式会社 宝島社
〒102-8388　東京都千代田区一番町25番地
電話：営業 03(3234)4621／編集 03(3239)0599
https://tkj.jp
印刷・製本　株式会社広済堂ネクスト

ISBN 978-4-299-04490-7